MW01230547

Franziska König

Die Kraft der Musik

Erinnerungen

Für Ming

TWENTYSIX
Eine Marke der Books on Demand GmbH
© Juni 2021 von Franziska König
Titelbild: Ausschnitt aus einem Gemälde von Erika König
Covergestaltung und Zuschnitt: Franziska König in Zusammenarbeit mit
Andreas Rothfuß, Blankenfelde
Herstellung und Verlag: BoD – Books on Demand, Norderstedt
ISBN: 9783740783327

Franziska (Kika) mit ihrer Violine – fotografiert von ihrer lieben Freundin Ute Bott aus Rottweil.

„Wenn ich dereinst verstorben bin, so schweigt auch meine Violine!" sagt sie.

Und drum bringt Franziska alle vier Wochen ein schlankes bis vollschlankes Taschenbuch heraus.

Erzählt werden Geschichten aus ihrem Leben, die von erhöhtem Interesse sein dürften.

Jeden vierten Dienstag um 18.05 wird das fertige Manuskript in die Umlaufbahn entsandt.

Die meisten Vorkömmlinge
finden sich im Personenverzeichnis

Hier die engste Familie vorweg:

Oma Ella, (*1913) Omi väterlicherseits in Hessen
Buz (Wolfram), mein Papa (*1938) Professor für
Violine an der Musikhochschule in Trossingen
Rehlein (Erika), meine Mutter (*1939)
Ming (Iwan), mein Bruder (*1964)

Ein Buch ohne Vorwort.
Sie können gleich anfangen zu lesen…

August 2002

Vorwissen:
In Ostfriesland tobte bereits seit zwei Wochen das große Musikfestival „Musikalischer Sommer in Ostfriesland".

Unser Familienunternehmen.

Nun hatte die letzte Woche angehoben. Man bewegte sich dem festlichen Abschlußkonzert entgegen…

Donnerstag, 1. August
Aurich

Auf heisere Weise fast tropisch verregnet

"Glaubt ihr, daß Kanzler Schröder die Doris wirklich liebt, oder daß er sich nur mit ihr schmücken will?" frug ich am Tische sitzend.

Wir frühstückten mit Buzens Spezi, dem Wiener Komponisten Peter Barcaba.

Diese Frage schien mir nicht ganz uninteressant, während die Erwachsenen jedoch anderes im Kopfe hatten, denn ein „Musikalischer Sommer" ohne Ärger und Verdruß scheint ein Utopikum:

Diesmal ging es um einen russischen Cellisten, den Buz auf eine dubiose Empfehlung hin engagiert hatte, und dessen grobes Cellospiel Peters frisch-komponiertes Capriccio zu verderben drohte. Ein Werk für Klavier und Orchester mit hinzu-gehörigem Solocellisten, das in wenigen Tagen im ausverkauften Abschlußkonzert zur Uraufführung gebracht werden sollte.

Uns als musikalischem Unternehmen ging es somit wie einem Konditormeister, dessen makelloser Ruf auf dem Spiele steht: *Der neue Mitarbeiter tendiert dazu, ranzige Butter in den Teig zu rühren. Bittet man ihn höflich, mit diesem Unfug aufzuhören, so schaut er einen glasig an und rührt weiter…*

Buz & Peter überlegten auf feinfühligste Weise, wie sie diesen ungehobelten Klotz schonend drum bitten könnten, seinen Platz am Pult zu räumen und weiterzuziehen? „...und dabei würde ein barsches "Du gänn nach Haus!" für diesen rohen Menschen, der auch als Autoschieber und Zuhälter eine gute Figur abgeben würde, doch wohl vollkommen ausreichen!" warf Rehlein scherzend aber auch ein wenig bitter ein. „Man könne aber auch eine Pistole zücken und sagen: „Du gäään, sonst ich machen kapuuut!""

Daß ein vielbeschäftigter Mann wie Buz seine Zeit damit verplempert Hochsensibilitäten für einen Rohling auszubrüten ist Rehlein als leicht vernachlässigter Ehefrau schlicht unbegreiflich.

Da fiel mir ein, daß die Gloria heute Geburtstag hat, und so setzte ich Buz mitten in diese Debatte hinein, *scheinbar* zusammenhangslos darüber in Kenntnis, da mich der weichstimmende Gedanke beweht hatte, die verliebte Gloria könne ganz traurig werden, wenn Buz ihren Geburtstag vergäße – zumal es doch der 25. ist!

Doch noch während ich Buz darüber in Kenntnis setzte, schob sich eine Sorge dazwischen: *Wenn Buz sie heute morgen womöglich bereits heimlich angerufen hat, und das gutgestimmte Rehlein nun ausrufen würde: "Ruf sie doch an! Das mach mal lieber gleich! Du vergisst es sonst wieder, wie ich Dich kenne! Die freut sich gewiss..."?*

Auf ihre zupackende lebhafte Art wählt Rehlein die Nummer und reicht Buz den Hörer.

„Herzlichen Glückwunsch zum Geburtstag!" sagt Buz ein wenig beklommen und auch eher für die Ohren Rehleins bestimmt, und die Gloria am anderen Ende der Leitung ist ganz bestürzt darüber, daß es bei ihrem vergötterten Lehrer mit der Alzheimerei wohl doch ein wenig früh loszugehen scheint?

In der Pause des abendlichen Konzerts in der Kirche zu Münkeboe waren alle so überschäumend nett zu uns.

Zufrieden, und verbindend schnatternd standen die Wurst- und Sektgenießer an diesem feuchten Sommerabend unter einem Zelt beieinander.

Die schöne Ariane, die Ming am Klavier so hingebungsvoll die Noten geblättert hatte, ließ durch Gesten des Entzückens wissen, wie tief berührt sie sei. Im zweiten Satz von der Fauré-Sonate habe sie aufpassen müssen, daß ihr keine Tränen auf die Tasten tropften, weil sie so bewegt war von der schönen Musik.

Ein Herr aus London spendierte mir gar eine leicht gebogene Wurst, für die er mit großer Geste eine kleine Spende hinblätterte.

Buzens Klavierschüler Hendrik und seine kleine Schwester Evi tobten herum, und in juvenilem

Unfugsgebaren verteilte der Hendrik zarte Kinderküsschen durch ein Röhrchen.

Übermütig gestimmt wedelte er stolz mit einem Zettel herum: Einem Gutschein, den er bei „Jugend musiziert" gewonnen hat.

Die magere Summe jedoch zeugte von beschämender Knickrigkeit der Jugendkultur gegenüber:

Einzulösen ausschließlich für Musikalien im Wert von zehn €uro.

Nach dem Konzert war der musikbesessene Hendrik derart aufgeheizt, daß er nicht nach Hause fahren wollte, und sich dem Vater gegenüber bockig gab.

"Dieser Ton zieht bei mir nicht", sagte Vati Johann nach außen hin milde, so doch unterschwellig bedrohlich, "ich find´s nur unhöflich!"

Freitag, 2. August

Sonnig

Die kostbare Frühstückszeit war leider knapp bemessen, da ich um halb elf mit meinen Spezeln unter der musikalischen Fuchtelei eines Ulrich W. im Orchester zu spielen hatte.

Wenig später im Ständesaal der „Ostfriesischen Landschaft": Die Musikanten trödelten ein, und der

Raum füllte sich mit dünnem Gefitschel und tutender Blasmusik.

Die mit den Jahren emotional erschreckend gedörrte und hinzu unvorteilhaft in die Breite gegangene Dirigentengattin Wiltrud, die einst so quirlig, lebhaft und lustig war, daß man sich immer wieder nach ihr und ihrer so mitreißenden Lebendigkeit gesehnt hatte, saß die ganze Zeit einfach nur rum. Der Zauber von einst war behäbig seniorilem Stumpfsinn gewichen, und ich frug mich bekümmert, wie man sich in der Rolle einer trockenen spröden Frau bloß gefallen kann?

In der Pause setzte ich mich neben sie, und lenkte die Rede auf eine Phrase in der Partitur, die kurz zuvor wenig befriedigend er- und wieder verklungen war: "Wie würdest du das machen?"

Dies frug ich zum einen, weil sie Sängerin von Beruf ist, aber auch weil sie mir ein bißchen leid tat.

Ihr Leben in meinen Sinnen *dampfte zu einem zweistündigen Film zusammen:*

„Die Frau an seiner Seite"

Das ganze Leben hatte sie im Windschatten eines großen Dirigenten verbracht. Hauptsächlich bestand es aus Warten. Warten, warten, warten…. Nun ist sie alt geworden — die Ziellinie unmittelbar vor Augen. War's das jetzt??

"Ich halt mich da raus", sagte sie geistlos.

Das war das eine.

Das andere war, daß der Christoph-Otto, der doch eigentlich Cellist von Beruf ist, nach der Probe so selbstverständlich und hinzu ganz bezaubernd auf der Geige spielte, nachdem er zuvor kunstvoll einen Kontrabass bezupft hatte.

"Das muß er aber noch üben", sagte die Wiltrud in ihrer unvorteilhaften Dachfrisur spröd.

In der Fußgängerzone lief eine Gruppe mittelalterlicher Gaukler des Weges.

Einer der Gaukler lief auf Stelzen die mit langen Hosenbeinen überhüllt waren, und sah somit aus wie der längste Mann, den man jemals gesehen hat, so daß man daheim nicht müde werden möge zu erzählen, man habe den längsten, oder zumindest langbeinigsten Mann seines Lebens gesehen!

Die stringenten Bürger drumherum liefen aber einfach so weiter, als sei gar nichts.

Am Ende der Fußgängerzone begegnete ich dem sonnengebräunten Rehlein, und Rehlein in ihrem feschen roten Netztop wirkte wie ein einziges Energiebündel! Wie ein Flummibällchen, das Kraft und Lust hätte, bis zum Mond empor und wieder zurück zu fliegen.

Ich erzählte von der Wiltrud: „Hoffentlich wirst du net auch amal so!" sagte ich wie die Löffler Irmi im Film „Man spricht deutsh" auf bayrisch.

Ich be-ulkte* Rehlein damit, daß ich soeben aus der Tierhandlung käme, wo ich mir einen gelehrigen und bunten Papageien bestellt habe.

Die Lieferzeit beträge vier Wochen.

Samstag, 3. August

Grau. Nachmittags ein großer Regen

Am Flügel stehend beplapperte ich Ming, wie schon so oft darüber, daß das Leben nur eine Generalprobe sei.

Doch dies bemerke man erst hinterher:

So manch einer von uns ist dazu verdammt, in der Hülle eines unerbittlich vor sich hingilbenden Menschen, bestülpt mit einem passenden und doch leicht beamtlich klingenden Namen – „Karlheinz" beispielsweise - 70 - 80 Jahre, bestehend aus kleinen und größeren Verdrüssen abzuleben, und plötzlich klatscht der Regisseur in die Hände und ruft:

"Klappe! Mittagspause!"

Die Probe in Emden zog sich ganz lange hin und strengte mich entsetzlich an.

Der Ulrich - im Banne des großen „ottO" (Waalkes) - schien sehr gestreßt und brachte überall Kürzungen an, und ich bin´s doch so gewöhnt, nicht hinzuhören, bzw. erst dann zu bemerken, nicht hingehört zu haben, wenn´s zu spät ist.

Zuweilen polterte der Gestresste bedrohlich auf.

"Weiterspielen!" donnerte er beispielsweise in die zögerliche Musikantengruppe hinein, und die Theresa hinter mir, die Ungerechtigkeiten nicht vertragen kann, schwenkte auf „Angriff" über:

"Weiterdirigieren!" rief sie zänkisch und returkutschelnd, und dennoch klang ihre Stimme aus dem Tuttitroge dünn dabei.

Buz hatte im Auto so lustig über den Ulrich gesagt: "Er macht jetzt einen auf "alternder Maestro"!"

Mittags in einer Emder Pizzeria:
Wir saßen im Freien. In unserem Nacken das Ehepaar Ulrich und Wiltrud W.

Doch man spürt so gar keinen gesteigerten Drang (mehr), sich zu den Eheleuten zu gesellen.

Über die Wiltrud hatte ich alle möglichen Leute bereits anpsychologisiert:

Sie habe sich ganz und gar auf den Schatten ihres Mannes reduziert:

"Wir zwei gegen den Rest der Welt!" scheint sie dem Rest der Welt bedeuten zu wollen.

Rehlein neben mir nannte mich oftmals "Schätzchen!" und ich liebte Rehlein unglaublich für diese wohltuende Freundlichkeit.

In der Konzertpause am Abend frug ich die hübsche Ariane keck, ob sie nicht bei uns bleiben könne? Ming suche noch eine Frau.

Ming hatte ich die Ariane bereits vor einigen Tagen empfohlen: Eine bezaubernde Frau mit einem sehr künstlerisch geschwungenen weichen Po, den man als Ehemann betätscheln darf, wenn immer einem danach zumute ist, ohne daß dies brüskiert.

Doch die Ariane meint, sie sei keine gute Frau für Ming, der etwas Besseres verdient habe.

"Aber du wärst zumindest eine gute Schwägerin für mich!" sagte ich warm.

Sonntag, 4. August

Stickig, schwül und sonnig.
Vereinzelte Wolken unterschiedlichen Kolorits

Ich träumte, *daß ich auf dem Heimweg von der Musikschule an der Fahrschule Reck vorbeikam* - dort, wo sich Buz im wahren Leben demnächst zeigen sollte, da sich für ihn neun Punkte in Flensburg angesammelt haben.

Der Dame am Tresen, einer Russin, erzählte ich, daß mein Papi neun Punkte in Flensburg habe. Da lachte sie, und trug seinen Namen gleich in einen Stundenplan ein.

"Halt!" rief ich aus, "ich will mich doch nur erkundigen, wie so ein Seminar abläuft und wieviel es kostet!"

Ich erfuhr, daß es über einen Zeitraum von fünf Jahren laufe, und somit SEHR teuer würde. Eine Summe, die man gar nicht nennen möchte, so erschütternd hoch wäre sie.

Mit diesem neuen Wissen erhob ich mich.

Matinée in Emden:

Der Peter hatte einen kuriosen, schelmisch formulierten Aufsatz über sein Capriccio verfasst, und hoffte so sehr, der ottO könne ihn vorlesen.

Dies hätte den Peter soooo gefreut!!

Darin war von Ohrwürmern und dem rettenden Blatt Papier die Rede. Ein Triebkomponist!

Doch der ottO lehnte dies Ansinnen einfach ab.

Schad fand ich, daß der ottO die gleichen Scherze, die er letztes Jahr über Prokofieff riss, diesmal über Brahms gemacht hat.

Zum Schluß sang er noch den Hit "Yesterday" mit Streichquartett, so daß das Lied hernach als Ohrwurm in meinem Ohr weiterhaften blieb und alle Gedanken aufsaugte. Alles was ich dachte wurde in diese Melodie gepresst.

Ich dachte beispielsweise an Petras bevorstehenden Geburtstag:

"Gestern noch! War die Petra noch ein junges Ding! Heute ist sie eine reife Frau o-hooo-ho-ho-ho-hoooooooooooo!"

Das Abschlußkonzert wird stets zwiefach geboten: Vormittags um elf, und abends um 20 Uhr.

Und somit blieben ein paar Stunden, um uns für das anspruchsvolle Abendpublikum ein paar Verbesserungen auszudenken:

Buz war unfroh über den Peter, und seine weitausschwingende Art des Dirigierens, durch die das Orchester automatisch alles im Fortissimo gespielt habe. Und außerdem hatte das Podest mit dem Flügel unter der weitausholenden Stabführung so sehr gewackelt, und mit ihm der Flügel, so daß man um das teure Instrument bangen mußte.

Zudem wäre Buz heut beinah von einer Leiter erschlagen worden, so daß dieses Kapitel in unserem Leben ebenso beinah jäh beendet worden wäre. Das kam so: Die hohe Leiter im Foyer kam ins Wanken und krachte zu Boden. Doch auf Buz selber war nur der Zwischenraum zwischen den Leitersprossen herabgedonnert, und so blieb Buz gottlob unverletzt.

Montag, 5. August

Nieselig und trübe. Manchmal regnete es prasselnd

Nachmittags bei uns daheim:

Als Buzens treuester Jünger, der Taiwanese „Franz", der Veronika eine Tasse Tee einschenken wollte, wunk die Veronika mit einer geradezu unwirsch zu nennenden Geste ab, so daß es direkt ein wenig unhöflich gewirkt haben mag. Doch der schüchternen Veronika ging's ja nur darum, uns nichts wegzutrinken, und außerdem mußte sie sich schon bald auf den Zug sputen. Wir waren traurig, denn so manch einen Gast lässt man nicht so gerne ziehen.

Zum Schluß zog die Veronika eine weiße Bioschokolade hervor und sagte jene Worte auf, die sie sich beim Kauf womöglich bereits zurechtgelegt hat?:

"Damit ihr nicht so traurig seid, wenn ich weg bin!"

Doch kann eine Schokoladentafel über die Lücke hinwegtrösten die ein liebgewonnener Mensch hinterlässt?

So wurde im Flur erstmal hilflos an der Veronika herumverabschiedet.

„Bleibe! Hier sind wir Dir nah!" nutzten wir eine Phrase aus einem Gedicht, das der Opa Buzen im Jahre 1968 zu dessen 30. Geburtstag gedichtet hat.

Damals wie heute **war der junge Buz voller Pläne und stand mal wieder kurz vor der Auswanderung:**

**„Was willst Du in Kanada?
Bleibe! Hier ist sie* Dir nah!"**

(Nur ein winziger Ausschnitt aus einem wunderschönen langen Gedicht.)

*Schwiemu Mobbl war gemeint

Wir erfuhren, daß die Veronika heuer nicht in die Ferien reist, sondern bloß nach Pforzheim fährt, um ihre in die Jahre kommende Mutti zu entlasten.

(Seit gestern 78 Jahre alt.)

"Ich dachte, du bleibst noch ein bißchen hier, um *uns* im Haushalt zu entlasten?" sagte ich keck, denn Mutti H. mag auf dem Papier alt sein - doch als ich sie gestern zum Geburtstag anrief, meinte sie, sie fühle sich noch gut 10 - 20 Jahre jünger und irgendwelche nennenswerten Alterserscheinungen seien - toitoitoi! - bislang nicht zu beklagen.

Sie fährt noch mit dem Auto herum und hat Freude am Leben.

Selbst ihr schlagbefallener lieber Mann macht im Grunde kaum Arbeit, da er sich noch selber ankleiden kann, und sich zudem große Mühe gibt, keine Last zu werden.

Bis auf leichte Wortfindungsstörungen merkt man ihm nicht wirklich etwas an.

Bald darauf war unser Haus ganz voll, so daß die Lücke, die die Veronika hinterlassen hat *scheinbar,* wenn auch etwas gewaltsam zugequetscht wurde. Aber niemand kann uns die Veronika ersetzen.

Ununterbrochen wurde Tee aufgesetzt…

Der Gärtner Christoph G. regte an, daß die drei Ostler, die bei ihm residiert haben (Nataša, Miladin und Maxim)←(letzterer jener Cellist, von dem zu Buchbeginn die Rede war) doch wohl mal ein Hauskonzert bei uns geben könnten?

Dazu sollten wir ein paar millionenschwere Kulturmäzene einladen. Vielleicht springt ein Stipendium für die jungen Leute dabei heraus, weil sie sonst nämlich putzen gehen müssten?!

Der Franz aber fand diese Idee nicht gut. Er und seine Frau Silvia hatten damals auch putzen gehen müssen, als man sich zu Beginn seiner musikalischen Laufbahn in Stuttgart niedergelassen hatte.

"Und das schadete gar nichts!" sagte er resolut in einwandfreiem Deutsch.

Das Haus war voll, und dennoch fühlte ich mich einsam. Ein Gefühl das mich zuweilen in Großstädten zu packen pflegt, bewehte mich nun in meinem eigenen Heim, und so rief ich die einsame Frau Kettler an, um ihr lustvoll zu erzählen, daß auch ich einsam sei.

Frau Kettler lachte. Sie sei grad auf dem Sprung in die Kirche.

"Leider!" fügte sie nett hinzu, da sie viel lieber mit mir telefoniert hätte. Aber sie habe versprochen, die Orgel zu schlagen, undhernach sprach ich mit Ming darüber, wie es wohl sei, wenn man zu allen alten Freunden so allmählich den Draht verlöre?

Ich stellte uns Telefonate mit den Damen aus meinem ehemaligen Streichquartett vor. *Fast allen kommt mein Anruf ganz ungelegen: „S´isch grad ganz ungelegen!“ sagen sie, so daß man sich fragen muß, warum sie dann den Hörer abgehoben haben? Haben sie einen bedeutsameren Anruf erwartet?*

Oder sie sagen: "Kika, ich lebe jetzt mein Leben, und das füllt mich vollkommen aus. Dir möchte ich von Herzen alles Gute für deinen weiteren Lebensweg wünschen."

Besuch bei Baumfalks in der Graf-Ulrich-Straße. An einem langen Tisch saßen sämtliche Verwandte, und die große zwischenmenschliche Wärme mit der wir empfangen und willkommengeheißen wurden wirkte wohltuend wie ein warmes Wannenbad. Ein geborgtes Wohlempfinden, bis man wieder in die kalte Nacht entlassen würde.

Fast alle, bis auf den chinesischen Schwiegersohn "Läp" (einen schlaksigen und jünglingshaften Herrn aus Hongkong) und Omi Inges Bruder "Friedhelm" begrüßten wir mit Küssen und Umarmungen.

Die Insa hatte ihre kleine Familie mitgebracht, und auch den mittlerweile einjährigen Jakob lernte ich endlich kennen und küsste gleich auf seine heißen Wangen ein, auch wenn er doch gar nicht weiß, wer ich sein soll? Und hatte einst der junge Ming nicht stets einen Graus davor verspürt, wenn ihm das böse Uschilein auf ihre gierige, unersättliche und besitzergreifende Art verwandtschaftsbedingt ein bis zwei Wangenküsse abnötigte?

Abends feierten wir in Petras Geburtstag hinein.

Als wir ankamen hieß es: "In 13 Minuten wird sie 31, höhö!" „Besser wär's jedoch in 31 Minuten 13 zu werden!" rief ein Scherzkeks aus der Runde heraus.

Ja, dies wäre zweifellos besser, auch wenn es um die in 18 Jahren angesammelte geistige Reife schad wäre, aber man kann und will es einfach nicht fassen, daß das Alter so erbarmungslos auch nach jüngeren Leuten greift.

Doch jetzt war erst einmal Frohsinn angesagt, und man wollte sich seinen frischen Mut vorerst nicht nehmen lassen.

„Ist man dereinst 50, so gäbe man gewiss ein Königreich dafür, nochmals 31 zu sein!" sagte ich.

Als die Uhr sodann Mitternacht schlug, machte Petras Freund Tobias, der wie alle Tage bloß stumm dasaß, keinerlei Anstalten aufzuhüpfen, um sich als

Gratulant vorzudrängeln, da er sich durch seine gewöhnungsbedürftige Mundart von der schwäbischen Alb in Ostfriesland verlegen und deplaziert fühlt.

Nett wäre natürlich gewesen, er hätte gesagt: „Ich frage dich hier vor Zeugen: Willsch du meine Frau werdö?"

Nachtrag 2021: Mittlerweile verheiratet

Dienstag, 6. August

Sonnendurchglühtes diesiges Wolkenwetter

Am Morgen fiel mir die Auferstehung von den Toten wieder so schwer. Ade, Früherhebungstag!

Im Bett verlor ich mich in Fantasien darüber, *wie es wohl gewesen wäre, wenn sich meine Spur gestern im düstren Hagebuttenweg für immer verloren hätte?*

Pastor Rübel, der mich zu später Stund noch in den Hagebuttenweg gefahren hatte würde aussagen, daß ich - erfreut, daß noch Licht brannte - auf ein Haus zueilte, während er stringent nach Hause fuhr, wo er von seiner Hannelore seit Stunden sehnsüchtig erwartet wurde.

D.h. die Sehnsucht hatte sich bereits in Raserei gewandelt, wie eine Beule auf seinem Haupt zeigte.

Dann steckte Buz mitten in diese Überlegungen hinein den Kopf zur Tür herein um zu verkünden, daß ich in zehn Minuten zur Vertragsunterschreibung in der „Landschaft" erwartet würde, da der Sekretär „Dirk" dringend weg müsse.

Ich duckte mich noch ein wenig unter meiner Bettdecke vor dieser im Grunde wenig lustvollen Tätigkeit, fand dort aber keinen Frieden mehr.

In der „Landschaft" stand der telefonierende Dirk kurz vor´m Explodieren.

Er saß neben dem PC, auf dem sein eigener Namenszug - DIRK LOBBEN – in kunstvoll zusammengebastelten dreidimensionalen Buchstaben herumtänzelte. Am anderen Ende der Leitung befand sich Pfarrer Rübel, und das läppische Altherrengeschwätz ging dem Dirk so auf die Nerven!

„Der Hermann macht mich wahnsinnig!" schnaubte er und klatschte übellaunig den Hörer auf.

Die Kontonummer, welche ich mir so mühsam gemerkt hatte, war mir durch diesen unschönen Zwischenfall nun doch ein bißchen aus dem Kopf hinweggerieselt, so daß ich von Zweifeln geplagt wurde, als ich sie so sorgsam niederschrieb, als könne die Sorgsamkeit der Schrift die Zweifel vertreiben.

Ming und ich besuchten den Franz, der allsommerlich bei Buzens väterlichem Freund Herrn Schüt zu logieren pflegt, und der süße Buz wollte gleich nachkommen.

Der Franz, Buzens treuester Jünger – man möchte beinah sagen *sein* heiliger Petrus, würde heut zusammen mit einer Horde bezaubernder junger Taiwanesen, die Buz und uns allen sehr ans Herz gewachsen sind, die lange Rückreise nach Taiwan antreten.

"Fritz-Werner!"

Der greise Herr Schüt, der aus der Küche trat, glaubte seinen Ältesten zu erkennen, und sprach den Namen zärtlich gewellt und freudig gerührt aus.

Doch es war ja "bloß" Ming.

Ich fand´s lustig, daß Herr Schüt seinen Sohn mit dessen Doppelnamen anzusprechen pflegt.

Auf dem Tisch in der Stube hatte Herr Schüt patiencenartig allerlei Fotos zurechtgelegt:

Alte Feldfotos, liebliche Fotos seiner jüngst verstorbenen Frau Grete, die noch immer allgegenwärtig in den Räumen schwebt, Erinnerungen an den lieben Gast Franz vom vergangenen Jahr...

Das Wohnzimmer füllte sich mit Zuverabschiedenden.

Buz hatte eine neue Geige vom Dr. Su bekommen, welche er jetzt übermütig - nackt und bloß, ohne den hinzugehörigen Violinkasten - über die Straße trug.

Tänzelnd und stolz zupfte Buz ein paar klangvolle Stellen, und eine Seniorin lachte darüber, weil es ja ein Anblick ist, den man nicht alle Tage zu sehen bekommt.

Darüber vergaß Buz fast, daß er sich auf der Straße befand, und Autos um ihn herum brandeten.

Rehlein hätte entsetzt aufgekrischen, doch nach all den Jahren darf konstatiert werden, daß nur etwa jede zehnte Aufkreischung Rehleins von Nöten gewesen wäre, da die meisten brenzligen Situationen dank unserer Schutzengel glimpflich ablaufen.

Eine Sorge peinigt mich z. Zt. wirklich sehr:
Daß ich gar nichts mehr zustande bringe.
Ständig wird man abgelenkt, und die Zeit rinnt unerbittlich. Ich hatte doch noch so viel vor im Leben und möchte z.B. schöne lange Brief schreiben, die *wirklich* etwas aussagen und für die Ewigkeit gedacht sind.
Nur etwas tröstete mich, wie ich Ming nun in der Küche erzählte:
Daß Ignaz Bubis, der Zentralrat der Juden, kurz vor seinem Tode gesagt habe:
"Ich habe nichts, aber auch gar nichts bewirkt!"
(Der also auch)

Abends trugen wir Rehleins köstlichen Kokos-gugelhupf zu Petras Gastmutti Ingrid T., um dort weiter an Petras Geburtstag herumzufeiern, der noch immer nicht vorbei war.
Der Tisch in der schönen Wohnung war so liebevoll gedeckt, und da die Ingrid selber erst vor wenigen Tagen Geburtstag gefeiert hatte, konnte man auch noch *ihren* Geburtstagstisch bestaunen. Jemand hatte ihr ein Buch mit dem Titel "Eine bemerkenswerte Frau" geschenkt, um sie darüber hinwegzutrösten, daß sie schon 55 Jahre alt ist. Ein Alter das – um Hannelore Kohl zu zitieren – „dem Leben seinen Platz eingeräumt hat".

Man setzte sich zum Tee nieder, und Ming erzählte von seiner letzten Probe mit der hübschen Sängerin Charlotte, deren Vater immer ängstlich war, ob Ming den Flügel wohl zu weit öffne? D.h. der ängstliche Vater nahm die Geschicke selber in die Hand, indem er den Flügel einfach auf ein Viertel abdämpfte.

"Das ist doch <u>mein</u> Instrument!" sagte Ming, "ich geh doch auch nicht zu seiner Tochter und klebe ihr den halben Mund zu!"

Alle lachten.

Mittwoch, 7. August

Wolkenwetter

Heute mußte ich mich etwas zeitiger auf die Haxerln wuchten und hatte keine Zeit für morbide Gedanken, da um halb zehn meine Freundin, Frau Adam, als Frühstücksgast erwartet wurde.

Doch zunächst besuchte ich Ming in seinem Zimmer und beplapperte ihn darüber, was heut vor zehn Jahren geschah, denn dank meiner Diarien ist es mir vergönnt, die Vergangenheit herbei, und uns selber zehn Jahre jünger zu blättern:

Auf der Insel Norderney lernten wir den Pianisten Franz F. Eichberger aus Bayern kennen – einen Herrn der sich in sein Vorbild Johannes Brahms verwandelt zu haben schien. Mit seinem kleidsamen Vollbart und windverpustet spazierte er am Strandsaum entlang, und die Leute glaubten, sie halluzinierten: „Dort läuft

Johannes Brahms! Doch ruht der nicht schon längst auf dem Gottesacker?..." so frug man sich.

Ich fand es so bewegend, eine längst vergessene Episode aus unserem Leben herbeizublättern, und dann radelte ich zum Bäcker Hippen und kaufte ganz viele Brötchen für unseren Frühstücksgast, grad so, als sei´s ein Vielfraß.

Frau Adam verspätete sich um zirka zwanzig Minuten und brachte neben einem wunderschönen Blumenstrauß frischen Wind in unser Leben.

Durch Buzens Augen betrachtet, spiegelte sich Frau Adam als anmutig quirliges junges Ding. Mit einer einer schicken Frühlingsfrisur bestülpt, duftend und wunderhübsch anzusehen.

Ähnelnd dem jungen Opa früher, hatte Frau Adam in einer roten Mappe kleine Aufmerksamkeiten für uns dabei: Tempotaschentücher mit Notenmotiv, eine Videokassette von dem bewegenden Film „Die wunderbare Welt der Amelie" und Fotos ihrer Schwester Isabelle, die eventuell etwas für unseren Vetter Friedel wäre, der sich allmählich nach einem sicheren Hafen im Leben sehnt.

Ferner erfuhren wir, daß Frau Adam auch noch einen Halbbruder habe, jedoch den Mut ihn endlich kennenzulernen zur Stund´ noch nicht mobilisieren konnte.

Im Jahre 1976 verließ ihr Vater die Familie und gründete irgendwo in Süddeutschland eine neue. Man hat sich nie wieder gesehen.

So sprachen wir über jenen ungewöhnlichen Themenkomplex, daß wohl sehr viele Leute Halbgeschwister haben? Zudem geraten immer mehr Leute in Verdacht, doch nicht von ihrem "leiblichen" Vater gezeugt worden zu sein?

Vergeblich fahndet man nach Ähnlichkeiten mit dem Erzeuger…

Für heut abend stand ein Fischessen mit dem Ehepaar Brehms auf dem Programm. Gehobenen Leuten, die sich um unseren „Musikalischen Sommer" verdient gemacht haben.

Ich war so quälend müd, daß ich mir beim besten Willen nicht vorstellen konnte, wie ich mich jemals wieder mit irgendjemandem - außer vielleicht Ming & Rehlein, die man einfach so anbabbeln kann - angeregt unterhalten solle? Man beplaudert Ming und Rehlein, und ob die gefallenen Sätze nun klug oder eher töricht und befremdlich waren stellt sich erst heraus, wenn sie gefallen sind. Doch bei einem fremden Menschen sollte man seine Sätze wohldurchdacht platzieren.

Mittags bat Rehlein drum, eine Brotzeit herzurichten und dadurch, daß Petra & Tobias da waren, deckte ich angestrengt für mehrere Personen auf.

Aus dem CD-Player erscholl Mozarts G-Dur Sonate interpretiert von der Gloria und ihrem Ex "Paul", und eine Kette von vier Tönen hörte sich leider ganz affektiert an.

Doch die Gloria habe ich mittlerweile ins Herz geschlossen. Sie erinnert mich sogar in gewisser Hinsicht an mich selber, und ich kann mir genauestens vorstellen, was sie so denkt: *Beim Violinspiel intensiviert sie Ausdruck und Genialität in gewagtem Maße, und sieht sich dabei im Geiste auf der Bühne der hoffnungslos ausverkauften Carnegie Hall stehen. Mozart mit feinstem Parfüm besprüht – und das Publikum steht Kopf!*

Beim Tischdecken hörte ich allerdings, wie sich die Petra Buzen gegenüber Luft über die Gloria machte:

Wenn sie die Gloria höflich bittet, gewisse Töne nicht so affektiert zu spielen, so tut sie´s trotzdem!

"Das würd ich ihr ganz kalt sagen!" riet Buz scheinbar lose, sich dabei jedoch fühlend wie Kanzler Schröder, wenn seine Doris unter Beschuss geriete.

(„Gerhard! Erlaube mir bitte eine Bemerkung: Deine Doris trägt die Nase um einiges zu hoch!“)*

"Das vergisst sie auch ganz kalt wieder!" höhnte die Petra, die sehr begabt und musikalisch ist, und der es "nur um die Sache geht".

*Ständig bekommt der arme Schröder dererlei zu hören, und beim letzten Rundumsorgloscheck habe der Hausarzt gar gesagt: „Herr Bundeskanzler, Sie sind um einiges zu schwer!“

Abends saßen wir mit dem Ehepaar Brehms im „Fischhuus“.

Die Frau, eine Art „Cherry Blair“, in einem großzügig ausgeschnittenen Kleide steckend, das dazu einzuladen schien, ihr als Zeichen seiner Wertschätzung diskret und fein einen Geldschein zwischen die Brüste zu schieben, wirkte diesem Anblick diametral entgegenlaufend sehr zugeknöpft und gab sich steif und unnahbar, während ihr äußerst akkurat gescheitelter graumelierter Ehemann sich auf nette Weise um Stimmung bemühte. Doch er wandte sich mit diesen Bemühungen hauptsächlich an Buz & Rehlein, so daß wir Damen uns verlegen gegenübersaßen – nicht wissend, was zu sagen sei.

Ich hatte das Gefühl, daß meine Stimme, sollte ich ausholen, um etwas zu erzählen, viel zu leis und somit nicht gehört werden würde, – ganz abgesehen davon, daß ich keine Ahnung hatte, was dieses „Irgendetwas" überhaupt sein sollte?

Ich sehnte Ming herbei, der die Gabe hat, konversatorische Funken einzustreuen, und ein anstrengendes Beisammensitzen mit etwas Glück in einen unvergesslichen Abend umzuwandeln.

Erst nach langer Zeit – die Speisen waren mittlerweile serviert worden - gewahrte ich Ming durch´s Fenster als kleinen Punkt in der Ferne. Er schien sich mit einer Dame festgeplaudert zu haben.

Ich wandte mich Frau Brehms zu und erzählte ein kleines Kuriosum:

Wie ich mich einmal mit einem Herrn darüber festgeschwatzt habe, daß manche Leute sich festschwatzen.

Doch die Frau ging nicht groß auf diese Worte ein, so daß ich mich fühlen mußte, wie der Herr aus

Drensteinfurt bei seinen geschichtlich behauchten Monologen.

"Rasend komische Geschichte!" sagte ich, wie der Herr in Drensteinfurt.

Appetit hatte ich ooooch nischt.

Das Hummersüppchen schmeckte gut, doch der teure Fischteller strengte mich nur an.

Manchmal redete ich angestrengt, doch niemand hörte hin.

Der süße Ming, der inzwischen eingetroffen war, sagte zuweilen nett: "Meine Schwester hat so lustig gesagt…"

Z.B., wie jemand im „Musikalischen Sommer" alle Strafpunkte der Interpreten aufschreibt und verwaltet, und dann kriegt der ein oder andere vielleicht die Aufforderung, sich freiwillig in der "Celloschule Renz" zu melden. („Sie haben ein Fortissimo übersehen und das Publikum mit einem matten Mezzoforte abgespeist! = 1 Punkt.)

Daheim vermisste ich Ming schon jetzt, da Ming morgen mit Tone und Nora nach Korsika reist.

"Warum verlässt Du mich? Was habe ich falsch gemacht?" rief ich aus.

Mit Ming zieht der vorletzte Ansprechpartner meines Lebens von dannen, und mir bleibt „nur" noch Rehlein.

Donnerstag, 8. August

Vormittags manchmal leicht diesiger Sonnenschein.
Dann bewölkt, zuweilen sogar schwarzgrau

Am Morgen träumte ich, um es mit einem Wort zu
sagen "allerhand!"

*Daß ich in meine WG „Im Tal" in Trossingen zurück-
zog.*

*In der ungepflegten Küche standen so viele weiße Kolping-
tassen mit eingetrockneten Kaffeeresten herum, und bang
dachte ich darüber nach, daß das Leben ab Morgen wieder so
aussieht, daß ständig eingekauft, gekocht und abgewaschen
werden muß.*

*Am Abend fiel mir ein, daß ein Kommilitone sich meinen
VW mit dem geschmackvoll blau-türkisfarbenen Muster
ausgeborgt hatte, und bislang nicht zurückgebracht hatte.*

*"Wahrscheinlich hat er ihn in der Graf-Enno Straße
abgestellt?" hoffte ich in Traumesunlogik, da die Graf-Enno
Straße in Aurich etwa 750km entfernt liegt, doch als ich
wenig später durch die Graf-Enno Straße lief, stand er nicht
da. Es war dunkel geworden, und hinter der Graf-Enno-
Straße befand sich ein buckliges Marktplatzpflaster im Schein
einer alten englischen Straßenlaterne. Alles war nassgeregnet,
und der Marktplatz führte so steil in die Höh´, daß man ihn
kaum bezwingen konnte, und beim Versuch immer wieder
ungeschickt abrutschte, und von vorne beginnen mußte.*

Schließlich erhob ich mich in einen Morgen hinein,
an dem Ming heut über Pisa Richtung Korsika
aufbrechen würde, und ich frug mich, wie das wohl

so werden solle ohne Ming, ohne den ich ja nichts Halbes und nichts Ganzes bin, und ob ich womöglich Entzugserscheinungen bekomme?

Von der Musikhochschule Trossingen war ein Fax gekommen, auf dem das zu lesen stand, was wir doch ohnedies bereits gewußt haben:

Daß Buzens Schüler, der Zigeuner "Jimmi" zum zweiten Male durch die Tonsatzprüfung geflogen, und somit exmatrikuliert ist.

Boshaft und beamtlich unterschrieben nach all den Jahren immer noch von Herrn Reimer.

Ich war aber nett gestimmt, und regte im Sinne Buzens an, daß wir den Jimmi zu uns nehmen könnten.

"Er könnte ein bißchen im Haushalt helfen!" machte ich Worte nach Art von Christoph Göhler und solcherart, als hätte ich noch niemals eine empörende Geschichte Rehleins gehört, denn bevor meine Energie ganz verschwunden ist, sollte ich mich vielleicht für irgendetwas einsetzen. Beispielsweise für einen armen Zigeuner, der exmatrikuliert und somit schöner Zukunftspläne beraubt, allein auf einem kleinen Floß auf hoher See zu schwimmen scheint? Wie soll er seinen Lieben in Rumänien diese Schmach bloß beibringen?

Ihm bleiben grad eben mal zwei Möglichkeiten: Sich den Strick zu nehmen, oder sich in Luft aufzulösen....

Einmal rief überraschend der Hans-Jürgen an, dem die spontane Idee gekommen war, uns zu besuchen, und wenig später traf er ein:

Der Hans-Jürgen stak in einem blau-weiß-gestreiften Hemd, das an die geschmackvolle Tapete in der Teestube von Elisabethfehn erinnerte.

Auch wenn er noch keinesfalls zum alten Eisen zu zählen ist, trichtert er doch ziemlich oft fragend das Ohr: "Biddö?". Darüber hinaus gibt er sich jedoch große Mühe, sympathisch, offen und jugendlich zu wirken.

"Den Pascal wirst du nicht wiedererkennen!" berichtete er Rehlein stolz von seinem Erstling und ein herbstlicher Sonnenstrahl huschte über das lebensgegerbte Lehrergesicht.

"Das glaub ich dir auf´s Wort!" dachte ich und assoziierte *einen sonderbaren kleinen Fettkloß, der prinzipiell keine Antwort gibt, wenn das Wort an ihn gerichtet wird.*

Wir erfuhren auch, daß die kleine Nadine sehr fleißig Klavier geübt habe, und jetzt besser spiele als ihr großer Bruder - wenn auch noch etwas schüchtern und kindlich im Ausdruck.

Und dann erzählte der Hans-Jürgen tatsächlich, daß das Leben mit seiner Frau Ruth eine Katastrophe sei!

Etwas, das Rehlein bereits hatte anklingen lassen, doch ich hatte es kaum glauben können.

Jeden Monat möchte sie 7-8000 Mark einfach so zum Vergnügen und zum Verjubeln!

(Hans-Jürgen denkt und spricht noch immer in „Mark", indem er automatisch jede Eurosumme verdoppelt. Verlangt beispielsweise eine Kellnerin sechs €uro für einen Cappuccino, so murmelt er: „Zwölf Mark? Die spinnen doch!")

Derzeit nimmt die ehrgeizige und unbefriedigte Ruth an "Castings" für Filmaufnahmen* teil.

Hans-Jürgen in stöhnender Gutmütigkeit über die ewig Unzufriedene:

"Es sei ihr von Herzen gegönnt!"

(Später auf unserem Ausflug nach Carolinensiel mutmaßte Rehlein gar, ob es sich dabei womöglich um Pornofilme handelt?)

Wir erfuhren, daß die Ruth ständig und zwanghaft vor den Kindern dran streiten muß.

Zwiefach schon rief der Hans-Jürgen aus:

"Komm, Du Liebe! Lass uns einen Neubeginn wagen!"

Doch es fruchtete nichts.

Buz und Rehlein waren ganz Ohr, und auch ich konnte meine grammophonförmig getrichterten Ohren kaum von dem bannenden Thema lösen, und der arme Hans-Jürgen tat mir so leid wie mein Onkel Eberhard mit seiner bösen Exe, dem Uschilein.

"Du siehst übrigens gut aus, Erika!" rief der Hans-Jürgen einmal aus, dieweil das knusprig gebräunte Rehlein in ihrem hübschen roten Top derzeit wirklich zum Anbeißen ausschaut.

Rehlein wurde in freudige Verlegenheit gestürzt, errötete leicht, und verstand sich augenscheinlich nicht so recht darauf, mit diesen wunderbaren Worten umzugehen.

"Ich hab auch gerade gebadet!" sagte Rehlein verwirrt, und lachte so entzückend.

Und so sprachen wir nun über die Unfähigkeit Vieler, angemessen auf Komplimente zu reagieren.

Buz machte sich ein Späßlein draus zu schauen, ob Frau Meyer wohl mit einem Kompliment umzugehen versteht, zumal die beliebte Reinmachefee soeben putztechnisch bei uns herumwütete.

"Theda, du siehst heute schön aus!" sagte er nett, und Frau Meyer, die sich extra für uns so hübsch mit Ohrringen verschönt hatte, freute sich auf eine ganz natürliche Weise über diese wirklich netten Worte.

„Danke", sagte sie und lächelte erfreut.

Wir erfuhren, daß die Ruth immer sehr gerne SMSs verschickt, und eine merkwürdige Schnitzeljagd mit ihren Freunden und Freundesfreunden veranstaltet. Sogar Buz hat eine SMS bekommen, deren Inhalt schwer zu deuten war. Buz kramte sein Händi aus der Gesäßtasche und zeigte uns den kleinen Text:

Ich telefoniere derzeit viel mit Frankfurt. Doch wenn Dich jemand frägt dann sag bitte ich sei bei Dir gewesen!

Küsschen, Deine Ruth

(schriebse kryptisch)

Freitag, 9. August

Zuweilen regnete es.
Nachmittags milder Sonnenschein.
Jedoch mit Wolken betupft

Der Gaßmann habe angerufen, so Rehlein, und
somit hat Rehlein den liebenswerten Gitarristen von
dem sie schon sooo viel gehört hat (ganze Romane)
heut durch´s Telefon kennengelernt.

Ich rief auch gleich freudig zurück, da wir vielleicht
bei einem Empfang in Potsdam, wo ebenso vielleicht
der Ministerpräsident aufblitzt, im Rahmen
gewichtiger Reden und Dankesworte unser Duo von
Giuliani darbieten könnten?

Viel Geld gäbe es dafür leider nicht.

Rehlein in der Küche sagte später so entzückend:
"Wenn der Ministerpräsident zuhören will, dann soll
er auch zahlen!"

Ich erfuhr, daß Herr Gaßmann im Januar wieder
Vater wird. Nicht unbedingt geplant - und doch hat
man angefangen sich innerlich mit dem Segen zu
arrangieren.

Am Nachmittag wollten Buz und Rehlein spazieren gehen.

Beinah wäre ich daheim geblieben, weil mir
ähnelnd einem Künstler und Weltverbesserer wie
dem Böhmert* immer "etwas" vorschwebt.

*Einem Jünger vom Opa

Doch was dieses "Etwas" sein soll, lässt sich leider
nicht konkretisieren. Es schwebt etwa zwanzig Zoll

vor meiner Nase her, und wenn ich mich einen Schritt darauf zubewege, so bewegt es sich ebenfalls einen Schritt weiter.

Aber als ich jetzt hörte, daß Buz Rehlein schon am Sonntag zu ihrer Reiseabschußrampe nach Grebenstein fahren will, wurde mir fast blümerant vor Schreck und Schmerz, so daß ich nun doch auf den Spaziergang mitkam, um Rehlein zu genießen.

Wir fuhren in den Upsdalsboomer Wald mit seiner herrlichen Allee, bestaunten Schafe und Kühe und in einem schlanken Fluß, an dem wir just vorbeipromenierten schwamm ein Schwan.

In der schönen Allee saß eine einsame Oma auf einer Bank und begrüßte uns freundlich.

Bei diesem Anblick mußte ich an mich selber denken. („Mich morgen")

Als mir Rehlein am Abend haushaltstechnische Finessen beibringen wollte, hüpfte uns aus dem oberen Fach in ihrem Schrank ein schwarzes Korselett entgegen, das Buz als junger, glühend engagierter Ehemann vor vielen Jahren gekauft hat, um seine wunderschöne, angebetete Ehefrau noch besser zu verpacken.

Doch Rehlein fand das Geschenk damals ganz doof!

"Ich habe es nur einmal getragen!" sagte Rehlein.

"Die Ehe ist ein Spiel", sagte ich, und "du hast das Wesen der Ehe überhaupt nicht begriffen!"

Von meinen Worten wachgerüttelt, stieg Rehlein in das Korselett, obwohl es kaum noch passte.

Dann zeigte sich Rehlein, leicht verschämt und doch kokett dem übenden Buz. Buz lachte gerührt und freundlich über den gebotenen Anblick, und fuhr mit seinen Violinstudien fort.

Rehlein las mir einige Seiten aus einem Buch von Wolfgang Borchert vor, doch es gefiel mir nicht, weil alles so traurig, und nach einem ernsten, blassen jungen Mann klang.

Rehlein frug, ob ich wohl bald mit meinem Buch über die Brodericks* fertig sei, denn Rehlein als Mutter möchte, daß ich endlich mal wieder etwas Gescheites lese.

*Äußerst fesselndes Buch über eine reiche Amerikanerin, die ihren Ex und die Neue an seiner Seite nachts in deren Schlafzimmer erschoss.

"Mir fehlen noch 90 Seiten!" verkündigte ich aus dem Bad und es klang so, als sei man noch 90 km vom Ort seiner Bestimmung entfernt.

"Jetzt hat die Verteidigung das Wort, nachdem Staatsanwältin Kerry Wells die arme Betty B. so madig gemacht hat", plapperte ich weiter.

Über Betty Broderick hinweg psychologisierte ich Rehlein nun über Ruth L. an:

Ihr stinkt es, auf dem Lande abgestellt die biedere Lehrersfrau zu verkörpern, die sie nicht ist. In ihr züngelt eine Femme fatale: Verrucht und geheimnisvoll möchte sie in den Köpfen der Männer herumspuken, die nach einem kurzen Blick auf sie und ihre Kurven keinen klaren Gedanken mehr fassen können sollen!

Dann stellte ich mir vor, *wie die fast 91-jährige Polizistenwittib Frau Priwitz jede Folge von Aktenzeichen XY ungelöst anschaut, und hi und da sachdienstliche Hinweise gibt:*

"Einen direkten Hinweis zu diesem Fall kann ich Ihnen nicht geben," sagt sie auf die verdrossen, desillusionierte Art einer älteren Dame, "aber vielleicht interessiert Sie die Fallanalyse einer scharfsinnigen und lebenserfahrenen alten Frau?" Halten Sie Ausschau nach einem schwabbeligen Pykniker um die fünfzig. Schüchtern, nur wenig Schneid bei den Frauen. Lebt noch bei Muttern und lässt sich die Pantoffeln hinterhertragen!"

Und in der Tat interessiert es die Polizisten mittlerweile sehr, nachdem die Hinweise von Frau Priwitz bereits in 16 Fällen direkt zum Täter geführt haben.

Samstag, 10. August

Zuerst diesig bewölkt.
Dann lugubere Gewitterstimmung.
Verhangen und feucht

Zum Frühstück las Buz uns die "Lebensschule" von Sir Yehudi Menuhin vor. Ein Buch, das der Verstorbene all seinen Kollegen und somit auch uns gewidmet hat.

In Form eines schwer zu entwirrenden Gedanken-knäuels hatte er alle Lebensweisheiten nieder-geschrieben, die ihm durch den Kopf zogen, und sogar Zehenübungen für uns ausgetüftelt, wie man auf einem Foto sehen konnte.

Doch ob ein normaler Mensch Zeit für dererlei findet?

Nach einer Weile kamen unsere Gäste aus Holland, auf die ich mich schon ein bißchen vorgefreut hatte, weil ein Besuch immer ein Farbtupfer in unserem etwas drögen Seniorenleben zu werden verspricht.

Irina aus Moskau mit ihrem niederländischen Ehemann Eduard und den beiden Kleinkindern Theodor, drei Jahre und Heleen elf Monate alt.

Als Buz der kleine Heleen mit ihrem schmalen, alabasterweißen, fast durchsichtigen Glühbirnenkopf die Hand reichen wollte, hielt ihm die kleine Heleen das Ärmchen mit dem leicht herabbaumelnden Händchen aus der Kinderkarre so anmutig entgegen als erwarte sie einen Handkuß.

Ich stellte mir vor, *wie die fromme Irina mit ihrem Kreuzerl im Dekoltée in einem gelben Mietshaus ohne Garten wohnt.*

Nur einen winzig kleinen Balkon gibt´s, und die mütterliche Irina liegt ihrem Mann beständig damit in den Ohren, daß man mit den Kindern mal auf´s Land fahren müsse.

Wir setzten uns zum Tee nieder und erfuhren, daß die Irina keine Eltern mehr hat.

Ihre Mutti starb nach einem Autounfall als die Irina noch nicht einmal zwölf Jahre alt war, und der Papi etwa 15 Jahre später an Krebs, und da war die

Irina so schrecklich traurig, und weinte ganze Seen an Tränen, da es sich beim Vater um einen wahren Freund gehandelt habe.

Einen Freund solcherart, wie man ihn nie wieder gefunden hat - auch wenn sie heute Ehefrau & Mutter ist.

Doch das sei etwas gänzlich anderes....

Noch heut hat sie leicht geschwollene Augen vom vielen Weinen über diese grausamen Schicksalsschläge, die ihr junges Leben gänzlich verdorben haben und so lange verdorben hielten, bis sie ihren Eduard kennenlernte, und durch eine eigene Familie tatsächlich wieder so etwas wie ein kleines bißchen Lebensfreude fand.

Die Herren unterhielten sich ganz absorbiert über Festivalfragen, und wir Damen schauten wie auf eine Bühne ins Musikzimmer, in welchem sich die Kinder vergnügten.

Am liebsten hätte ich das Foto, das Rehlein mit ihrer Schwester, dem Beätchen mit den beiden so freundlich lachenden Mohren in Kenia zeigt, herumgereicht und gesagt:

„This is the first husband from my Mom. His name ist Faruk Butuheli!"

Der kleine Theodor war aufgetaut und jubilierte so fröhlich, weil das kinderbegeisterte Rehlein sich ihm widmete.

Mit 63 Jahren ist Rehlein noch immer eine Erotik-
bombe.

Sonntag, 11. August

Mittags prasselnde Duschregene –
sonst grau verhangen

Wir schauten "Tisch & Bett" von Françoise
Truffaut: Ein Herr mit Namen „Antoine" hielt mit
der Japanerin Kyoko eine Teezermonie ab. Doch
von der unbequemen Sitzweise der Japaner – man
sitzt auf seinen eigenen Waden, wären dem Antoine
bald die Füße abgestorben.

*Der Antoine verwandelte sich in Buz, die Kyoko in die
Gloria....*

und ich neckte Buzen damit, daß ich denken
würde, das sei *er* mit der Gloria, doch Buz ging auf
leicht verdächtig stimmende Art nicht auf diese
gutmütigen Scherzeleien ein.

"Er möchte sich einerseits damit brüsten, und es
andererseits einfach unter den Tisch kehren",
psychologisierte ich einfach drauf los, weil ich mir
einrede meine Eltern würden innerlich über meine
Psychologisierungskünste staunen.

Über Ruth L. psychologisierte ich auch heut:

Sie wünsche sich eine Affäre mit dem Präsidenten
der Vereinigten Staaten, glaubte ich zu wissen.

Eineinhalb Dinge am Nachmittag stimmten mich froh:

Zum einen der im Programmheft angekündigte Geigerfilm mit Liz Taylor: "Symphonie des Herzens", wenn auch von den Mitarbeitern der HÖRZU als nur mittelmäßig empfunden und eingestuft.

Doch ich wiederum verdächtigte die Mitarbeiter, sich den Film gar nicht erst angeschaut zu haben, da ihnen der Titel schon so nach Mittelmaß klang?

Und auch der anvisierte Besuch bei Frau Saathoff, einer älteren Dame und Freundin des Hauses, freute mich leicht.

Nachdem wir aber in der Teestube neun Kuchenstücke gekauft hatten, prasselte ein so ungeheurer Duschregen nieder, daß man´s kaum fassen konnte.

Buzens Auto beschwappte die Bürgersteige z.T. mit kleinen Tsunamis, und als wir bei Frau Saathoff ankamen, konnten wir die bergende Limousine vorerst gar nicht verlassen.

Frau Saathoff rief uns Aussteigetips zu, doch durch das lärmende Geprassel verstand man überhaupt nichts und als ich endlich ausstieg, trat ich in ein verpfütztes Blumenbeet hinein, so daß meine roten Schuh davon ganz morastig geworden sind.

"Hallo, Herr König!" rief Frau Saathoffs kleiner Enkel Leopold, ein Dreikäsehoch mit putzigen Segelohren so nett, und Frau Saathoffs aufmerksamer Sohn Peter frug, ob jemand wohl Tee wünsche?

In der Stube hatte man formvollendet mit feinstem Friesland Porzellan die Teetafel gedeckt, und nun glaubte und hoffte der kleine Leopold, er habe mal wieder Geburtstag.

Man setzte sich nieder, und wie schon so oft im Leben saß ich einfach "dazwischen":

Rehlein plauderte von Frau zu Frau mit Frau Saathoff und Buz von Mann zu Mann mit dem Peter - nur mich schien niemand wahrzunehmen.

Auf dem Boden lagen Spiele, die mich an die Kindheit vom Onkel Andi erinnerten, und der Leopold wünschte sich so sehr, daß jemand mit ihm spielen möge.

Sagt man zu einem kleinen Kind "Nachher!" so tönt dies in dem zarten Kinderohre, als wolle man zu einem Erwachsenen sagen: "Gegebenenfalls".

Der Peter, der eigentlich väterlich und aufmerksam ist und den kleinen Schatz zuweilen "Schatz" nennt, mußte mehrfach bedrohlich - einmal sogar *ganz* bedrohlich - aufbarschen, weil der Leopold lernen soll, daß man nicht dazwischen quatscht, wenn sich die Erwachsenen unterhalten.

Der Leopold rutschte auf dem Boden herum und faltete verschiedene Spielebretter auf.

"Du bist jetzt fünf Jahre alt!" sagte der Peter tadelnd.

"Nein. Viereinhalb!"

Einmal war der Peter auch auf seine alte Mutter ärgerlich, weil sie zum Leopold gesagt hatte: "Ich spiele gleich mit Dir!" und damit seine Autorität

untergraben hatte - und dabei hatte Rehlein davor
doch grad das selbe auch gesagt!

Rehlein und ich spielten mit dem Leopold
"Siebenmeilenstiefel". Ein Spiel, wo man lauter
Chips in einen Schuh hüpfen lassen muß.
Einmal sagte ich: "Ich will….", aber der Leopold
fiel mir belehrend ins Wort: "Das heißt: ich
möchte…"sagte er tadelnd.
Die Worte vom Peter im Hintergrund rankten sich
darum, seine singende Frau Jutta, die nachweislich
ein dummes Luder ist wie wir aus sicherer Quelle
wissen, in ein interessantes Licht zu rücken.

Montag, 12. August

Z.T. diesig sonnig.
Zuweilen dunkle Wolken
und vereinzelt schwere Regentropfen

Beim Frühstück lag´s derart zum Schneiden in der
Luft, daß sich die Eheparteien nichts zu sagen
haben, daß es schon fast wieder verbindend lustig
wurde, weil man durch die Stille das Geschmatze
und Gekaue der Frühstückenden so überdeutlich
hörte.
Alles, was so gesagt wurde, war vielleicht: "Geh
aber nicht mit dem Messer in die Marmelade!" und
dergleichen.
Das, was es zu sagen gab, ist gesagt…

Einmal klingelte es, und ich wäre fast froh gewesen, wenn jetzt Besuch gekommen wäre, aber es war "bloß" der Schornsteinfeger.

"Was macht dir denn wirklich Spaß?" wollte Buz wissen, und ich zählte all dies auf, was mir Spaß und Freude bereitet:

"Zeitung lesen, im Caféhaus sitzen und in Illustrierten schmökern, die "Lindenstraße" schauen, auf der warmgeschienenen Friedhofsbank sitzen und alte Chroniken studieren, Musik hören und dazu hüpfen, Ming oder die Mama zu beküssen und zu beplaudern, in Erinnerungen baden…Gäste bewirten und Besuche machen!" fügte ich extra noch an, um dem gesellig veranlagten Buz, bei dem ich unter Verdacht stehe, einzelgängerisch und wunderlich zu sein, eine Freude zu bereiten.

Buz als 64-jähriger Herr versuchte noch ein bißchen etwas mit dem Rest des Lebens anzufangen, indem er jetzt z.B. die „Formenlehre" von Erwin Ratz studierte.

Am Vormittag war Buz bei BMW und ich empfinde die Aushäusigkeit Buzens immer als angenehme Erholung vom ehelichen Pulverfass auf dem ich sonst immer sitze, wenn *beide* Ehehälften zugegen sind.

Von unten tönte kümmerliches Klavierspiel herauf, und niedergeschlagen und gerührt in einem dachte ich daran, daß Buz selber nie dazugekommen ist gescheit Klavier zu lernen, weil er seinen ganzen Fleiß in den Dienst anderer gestellt hat: Damit *andere* gescheit Geige- und Klavierspielen lernen! Und dabei hat Buz selber so viel Talent, daß man toll werden möchte. Vielleicht hat Buz Angst, von seinem eigenen Talent überrollt zu werden, wenn er es entfaltet?

Beim Üben sann ich darüber nach, daß der Mensch vielleicht deswegen genau doppelt so alt wird wie ein Esel (zirka 80 statt 40 Jahre), damit er in der zweiten Hälfte seines Lebens darüber nachdenken kann, daß er es nicht verstanden hat, die erste Hälfte sinnvoll zu nutzen? Während einem Esel Gedanken dieser Art müßig scheinen dürften.

Zum Mittagsessen schauten wir den bewegenden Geigerfilm weiter, den die Mitarbeiter der HÖRZU nicht zu würdigen verstanden hatten:

Der Pianist James Guest (leicht an Herrn Hartl, unseren Nachbarn in Ofenbach erinnernd) spielte Rachmaninoffs Zweites zwar atemberaubend, so doch unter der Last schmerzlichsten Liebesgrams.

Kurz vor dem Konzert hatte ihm seine Angebetete Liz Taylor mitgeteilt, daß sie nach dem Konzert vom Geiger Paul Bronte, ihrer einzig wahren Liebe, abgeholt würde. Sie wolle jedoch noch zuhören und die Daumen drücken - hernach wäre sie aber weg. Für immer.

Da spielte der Pianist in seinem Schmerze derart überwältigend, und die schöne Liz war nach dem so gloriosen Konzert doch noch da.

Derartiges hatte sie nie zuvor gehört.

"Bravo, Braaaaavo!" rief sie mit tränenüberströmtem Gesicht, und als Paul Bronte sie später küsste, da spürte sie mit einem Male, daß sie ihn nicht mehr liebte. Aber das traf sich gut, denn Paul Bronte liebte im Grunde seines Herzens nur Eine: Seine Violine.

Die einst so leidenschaftliche Liebe hatte sich in ein freundschaftliches Bekanntschaftsgefühl verwandelt - man busselte einander wärmstenst und sagte sich Freundlichkeiten....ihr Herz aber gehörte nach dieser einzigartigen Darbietung nur noch Einem: James Guest.

Wieder wurde uns Zuschauern die Kraft der Musik vor Augen geführt.

Dienstag, 13. August

Sonnig und schön. (Romantisch)

Auf dem Spaziergang sagte Buz laut über einen geräuschfrei vorbeigerasten Radfahrer: "Der hätt´ doch klingeln können, der Arsch!"

Doch hinter dem Radler fuhr eine Frau, von welcher anzunehmen war, daß es die des Radlers war, welche dies harsche Wortgeschoss nun hatte mitanhören müssen?

Die Frau war aber so warm und freundlich und ließ sich keine Pikierung anmerken, während wir doch am liebsten in den Boden versunken wären.

Auch wenn heut so schön die Sonne schien, so hörte man im Fernsehen nur Regengeschichten, und oftmals muß ich an die armen Leute denken, die jetzt beständig Regenwasser aus ihrem Keller hinausschöpfen müssen, - etwas, von dem ich gar nicht wüßte, wie man es gescheit macht - und in Prag wurden sogar mitten in der Nacht alle Männer aus dem Bett gescheucht und zum Helfen abkommandiert.

Nun aber, beim Duft von Rehleins köstlicher Suppe dachte ich, wie schön es jetzt wäre, wenn wir die ganze Nacht bis zum Umfallen geschuftet, und uns dies köstliche Süppchen, liebevoll gerührt von einer Mutter, *wirklich* verdient hätten.

Buz telefonierte herum und kehrte hernach voller Hiobsbotschaften in die Stube zurück:

Onkel Hartmuts Untermieterwohnung in Potsdam sei vollkommen mit Wasser vollgesogen, und die Tante Uta flog wegen Uneinsichtigkeit aus der Therapie, weil in ihrem Blute vier verschiedene Aufputschmittel gefunden worden waren.

Der Beppino sei weggezogen, weil er keine Lust mehr hatte, unter diesen Umständen bei seiner Mutter zu bleiben.

Ich erzählte Rehlein von Frau Schinke (einer reifen Schülerin, die ich von Rehlein geerbt habe):

Wie sie morgens keinen Bissen hinabbekommt, wenn sie in die Bratschenstunde muß. Die größte Angst verspürt Frau Schinke davor, in die dritte Lage hinauf zu müssen – denn sie leidet unter Lagenhöhenangst (selten zu beobachten). „Muß ich da in die Lage?" frägt sie oftmals bang, wenn es gilt, einen passenden Fingersatz zu ertüfteln.

Mittwoch, 14. August

Schön sonnig.
Am Abend gar hinreißender Sonnenschein
aus purem Gold

Post war gekommen.

Der Eduard aus Holland, im Schwunge des Gefühls mit Buzen ins Geschäft gekommen zu sein, hatte Unterlagen gesandt, die sich wie große Herbstblätter auf die von uns Frauen immer so mühsam errungene Ordnung legten, da Buz leider nur selten etwas wegräumt.

Alles liegt voll mit ambitionierten Bewerbungen, und hie und da nehmen wir die ein- oder andere zur Hand, um uns interessiert hinein zu vertiefen.

In den Niederlanden ist es usus, daß nach dem Konzert lecker Kuchen und Koffie angeboten wird, so daß die Niederländer sich nach dem letzten Werk aus Angst vor einer langen Zugabe und im

Bestreben, das Kuchenbüffee zu stürmen, bevor die besten Stücke weg sind, den Applaus im Stehen und hinzu einer diskreten Weiterwalzstellung fortzusetzen pflegen. Viele nichtholländische Interpreten deuten dies jedoch als stehende Ovation, so daß in einigen Bewerbungsschreiben zu lesen steht: „In Nieuwstadt NL wurde seine Interpretation mit einer stehenden Ovation bedacht..." Nein, falsch! Der moderne Mensch schreibt natürlich: „...mit standing ovations bedacht!"

Auch heut gab´s im Mittagsmagazin nur Regengeschichten zu hören.

Dresden schaute aus wie eine Suppe, in der allerlei herumschwamm.

Ich stellte mir vor *wie Kanzler Schröder, im Bestreben Wahlpropaganda zu betreiben, in Passau eine ganze Nacht lang Sandsäcke schleppt, und am nächsten Morgen hört der völlig Erschöpfte, daß der Stoiber das Ganze in Dresden betrieben habe.*

Spaziergang mit meinen Eltern:

Buz erzählte von seinem neuen Schüler, dem Halblibanesen, der so überaus gescheit sei. Sein Vater allerdings verprügelte die Mutter und will jetzt seinen Sohn entführen.

Unterwegs übte ich mit Rehlein den vollendeten Händedruck, wofür man sich ein Beispiel am Klavierstimmer Tamme Bockelmann nehmen sollte – dem Mann mit dem angenehmsten Händedruck der Welt.

Denn ähnelnd der Flötistin neulich, die so ein Getue um ihren Atem gemacht hat, der allein dem Flötenspiel vorbehalten bleiben sollte, gibt Rehlein die Hand zuweilen mit Fleiß ganz starr, damit man sehen möge, daß die Hand von der vielen Arbeit so hart geworden sei!

Auch den Supermarkt besuchten wir zu dritt.

Als Buz sich eine Flasche Wein griff, wirkte er wie ein süßer Dreijähriger, der sich wie selbstverständlich ein kleines Spielzeugauto greift.

Donnerstag, 15. August

Wunderbar sonnig

Als der Wecker auf dem Fenstersims losschellte, machte ich einen regelrechten Hechtsprung danach.

Ähnelnd einem Tiere, das auf der Lauer gelegen war, und sich den anvisierten Bissen geschnappt hat, freute ich mich, das alte und löbliche und doch leider zu entgleiten drohende System des Frühaufstiegs nochmals am Schweife gepackt zu haben.

Im Morgengrauen knarrten die Dielen so laut.

Bald darauf begann ich den zweiten Satz vom Beethoven Quartett op. 18/4 zu üben.

Einmal ins Losspielen geraten konnte ich natürlich nicht mehr aufhören, denn mein dünnes Violinspiel hatte den Morgenfrieden nun schon angestochen.

Frühstück:

Rehlein wußte Brisantes zu berichten, auch wenn ihr das Ursprungsquell entfallen war:

Daß ihre Freundin Heidrun total genervt sei:

Ihr Sohn Heino, der noch bei seiner Exe wohnt, bringt die Neue an seiner Seite, die auf unkeusche Weise ständig an ihm klebt, ihn bedingungslos anschmachtet und mit den Blicken verzehrt, ständig mit zu den Eltern und vor der Türe sagt er Dinge wie: "Dürfen wir bei Euch vögeln?" (wenn auch mit verlegenem Beiklang) so daß die Nachbarn ihren Ohren nicht trauen.

Diese Geschichte, wenn auch vielleicht erfunden oder zumindest frisiert, fand ich so faszinierend, daß ich Rehlein über den ganzen Tag verteilt bat, sie nochmals zu erzählen – weil ich die innewohnende Schamlosigkeit einfach nicht fassen konnte.

Ich selber erzählte Rehlein vom verstorbenen Großvater der Familie Martin, dessen Grab auf dem Friedhof so lieblos und verkommen aussieht.

Der alte Mann habe einen Narren an seiner Schwiegertochter Christiane gefressen, und wenn keiner hinsah, so zwackte er sie in den Po! Und wenn sich die Christiane bei ihrem Mann beklagte, so hieß es nur: „Frei erfunden! Dies hättese wohl gern, höhö!" Und so stand ein Wort gegen das andere.

Rehlein erzählte, wie sie heute mitten in Aurich drei Elefanten gesehen habe.

Würde Rehlein dieselbe Geschichte in 25 Jahren erzählen, so würde man vielleicht Blicke tauschen?

Heut aber glaubte man ihr, denn ein Zirkus gastiert in unserer Stadt.

Eine Hausfrau mit Kleinkind habe einem der Elefanten eine Banane schenken wollen, doch mit seinem Rüssel griff er sich immer noch mehr Bananen aus ihrem Einkaufsbeutel und erwies sich leider wenig vorbildlich als äußerst ungenügsam.

Ein anderer Elefant hortete Nahrungsmittel die er von den belustigten Passanten geschenkt bekam, und richtete sich zwischen seinen vier Beinen eine Speisekammer ein, an welche sich nun naturgemäß niemand dran wagte.

Man weiß ja Folgendes:

Elefanten sind liebe, gutmütige Tiere die keiner Fliege etwas zu leide tun.

Doch kommt man ihnen blöd, so können sie höchst ungemütlich werden - und nachtragend wie Mobbl und Rehlein sind sie leider auch.

Ich beplapperte Rehlein darüber, daß die Erwachsenen so langweilig sind.

Undenkbar wäre, daß Rehlein bei der Familie Runge gegenüber schellt und frägt, ob sie wohl bei denen übernachten dürfe?

Ein natürlicher Wunsch eines neugierigen Menschen, der beispielsweise dem kleinen Hendrik ganz locker über die Lippen käme.

Rolf Runge wäre vielleicht verunsichert. Da müsse man seine Frau fragen: "Die ist Schirmherrin über unsere Bettwäsche.."

„Die brauchen Sie doch nicht zu fragen!" sagt Rehlein, „ich bringe meine eigene Bettwäsche mit!"

Nachmittags unternahmen wir einen erfüllenden Sonntagsspaziergang im Egelser Forst. In flirrendem Winde liefen wir ganz lange auf einem gepflasterten grauen Weg durch die Sonne. Immer wieder durfte man sich an Kühen, Gänsen und Eseln ergötzen.

Es war fast so, als würden man auf der Insel Norderney spazieren - nur, daß dort in der Ferne das Meer glitzern und ab und zu ein Fischbüdchen den Weg säumen würde.

Dann kauft man sich ein kleines Fischbrötchen und entrüstet sich über den unverschämten Preis.

Abends bedauerte ich es ein bißchen, nicht Buzens Mutti zu sein, da ich mich in einer belehrungs- und erziehungsfreudigen Stimmung befand.

"Der Papa hat versprochen, mir beim Tischdecken behilflich zu sein. Doch davon bemerke ich nichts!" sagte ich für die Ohren Buzens bestimmt zu Rehlein.

Beim Essen las ich meinen Eltern aus dem Musiklexikon über Glasunow vor, von dem soeben ein Werk aus dem Radio tönte.

"Wann hat Glasunow gelebt?? - Das müsste wie aus der **Pistooole** geschossen kommen!" sagte ich in einer Art, die an den Opa erinnerte.

Dann erzählte ich von Buzens Onkel Karl, der in Buzens Leben nach außen hin vielleicht keine große Rolle gespielt, ihm aber nichtsdestotrotz sein ganzes Talent vererbt hat.

Der Onkel (*am 21. März 1906 † 1989), Eisverkäufer von Beruf, habe immer so besonders anrührend auf seiner geliebten Violine gespielt.

Aber nachdem am 1. Mai 1938 sein Neffe Wolfram auf die Welt gekommen war, entsickerte dem Onkel auf einmal sein ganzes Talent - es wurde von einer Woge hinweggeschwemmt, die ebenso rasch verschwand wie sie gekommen war, und die niemand gesehen haben will. Fortan klang das Violinspiel des Onkels hölzern und untalentiert.

Freitag, 16. August

Wunderbar sonnig und warm. Schön wie in Afrika

Ich verwandelte mich in die Mutti von meiner Freundin Katharina, die gütige Pfarrfrau Grete aus dem Schwabenland, und redete somit völlig anders als früher. Wir versanken in ein Seifenopern-geschehen.

Ich beschwor jene Szenen herauf, als der uneheliche Schwiegersohn Christoph erstmals die Schwiegerleut´ besuchen durfte, und wie ihm Frau W. zögerlich das "Du" anbot, ("Sie dürföt mich "Grete" nennen") da er ja immerhin der Vater ihres Enkelkindes ist.

"Ich habe noch drei weitere Enkel!" erzählte sie förmlich beim Kaffee. "Oma" möchte ich nicht genannt werden. Sie sagen "Großmutter"" und "unsere Katharina war ja lange Jahre mit einem anderen jungen Mann liiert, einem "Detlev"…"

„Mutter, bitte!"

„Ja, sie redet nicht sehr gerne darüber…"

Ich versank immer tiefer in diese Scheinwelt, und als ich Buz und Rehlein zum Frühstück lockte, sagte ich auf Art einer gütigen reifen Schwäbin: "Das Frühstück ist angerichtet. Es wäre schön gewesen, wenn ihr jungen Leute mir ein wenig zur Hand gegangen wärt…!"

Zum Frühstück bekam Buz einen Anruf aus Korea. Es ging um die Korea-Reise Ende September. Von Rehlein mit zögerlichen Bedenkung- und Bedenkungsbedenkungen bedacht, da Buz sich jetzt eine teure Flugkarte organisieren muß.

Von Korea ausgangsmodulierend sprachen wir nun über die Gloria, die dort mit ausgebreiteten Armen sehnsuchtsvoll auf Buz zu warten schien.

Buzen lag das Thema sehr, und auf dem Sofa sitzend referierte er darüber, daß Glorias Eltern für ihre Tochter nun die Heiratsfäden ziehen würden. Dies machen sie aber eigentlich schon sehr lange, wußte wiederum ich. Bloß gefruchtet hat´s bislang nicht, und nun erwägen sie, eine Anzeige in der Zeitung aufgeben? „Eine 25-jährige unverheiratete Tochter ist für Eltern eine Schande!" Dies sagte Buz, und schaute mich dazu leicht strafend an.

Später schickte ich meine Gedanken nach Korsika, wo die Nora z.Zt. Urlaub mit drei Herren macht.

"Glaubst du, daß die Nora noch einen Mann abbekommt?" frug ich Buz nicht eben nett, und vielleicht unbewußt von mir selber ablenkend - "vielleicht Herrn Heike?" einen 69-jährigen Professor aus unserem Freundeskreis, dem im vergangen Jahr die Frau verstarb.

Dadurch, daß in der Zeitung zu lesen war, daß Anne-Sophie Mutter den 73-jährigen André Previn geheiratet hat, hat das Alter eines eventuellen Ehekandidaten bei vielen seinen Schrecken verloren.

Rehlein und ich mutmaßten, daß Herr Heike bereits angefangen hat, in der Zeitung zu inserieren: Er sucht eine passende neue Frau, und versucht sein weiteres Geschick in die Hand zu nehmen.

Mit 69 Jahren sollte man sich noch nicht zum alten Eisen zählen, dachten wir nett für ihn. Und wenn er vielleicht schreibt "finanziell unabhängig" oder "Vermögen vorhanden", und die Nora es liest?

"Mit Herz, Hirn und Humor!" rät Herrn Heikes anteilnehmende Schwester Lotte, hinzuzuschreiben.

Beim Frühstück war Rehlein Buzen gegenüber relativ kritisch eingestellt.

Buz sagte: "Hätt ich doch statt einer *geist*reichen Frau eine *stein*reiche Frau geheiratet!"

"Soll ich jetzt darüber lachen?" frug Rehlein befremdet, und dabei war´s doch in rührend einfachem hessischen Humore so dahingeplabbert, und dürfte mit etwas gutem Willen doch wohl wirklich als leicht amüsant bezeichnet werden?

Eigentlich hatte ich mich auf den heutigen Tag gefreut, doch nun fühlte ich mich seelisch ganz belastet.

Einerseits gingen mir Rehlein und Buz heut auf deprimierende Weise auf den Wecker, und andererseits wußte ich gar nicht, wie ich das Leben ohne sie aushalten soll, wenn sie auf Norderney sind, weil ich meine Eltern über alle Maßen liebe - so sehr, daß es regelrecht schmerzt.

Rehlein räumte Buzens Kleidungsstücke in den Schrank, und an vielen Kleidungsstücken hafteten ärgerliche Erinnerungen:

Zum Beispiel an Buzens rotem Pullover, den Rehlein ihm so liebevoll ausgesucht und geschenkt hatte, und den er nie wieder getragen hat, nachdem die Hilde einmal eine spöttische Bemerkung darüber gemacht hatte.

Aus reiner Returkutschelei sagte Rehlein dann wenig später über ein unschuldiges Kleidchen, in welchem die junge Hilde stak: "Äääh?!? Was hast du denn da für ein Kleid an?? Steht dir üüüberhaupt nicht!"

Dann habe es die Hilde nie wieder getragen, weil Rehlein dem jungen Ding mit dieser häßlichen Bemerkung die Freude an dem Kleidungsstück für immer genommen hat. Und dies tat Rehlein nun leid.

Wollte man Frau Pickers Worte aufgreifen und versuchen wie ein Engel durchs Leben zu schweben, so solle man die Hilde nun anrufen und sagen: „Ich habe es damals aus Boshaftigkeit und reiner Returkutschelei heraus gesagt! Wenn Du dem Wölflein erzählst, daß deine Bemerkung über den schönen roten Puller juveniler Unreife entsprang, so entschuldige ich mich und versichere Dir, daß dir das Kleid ausgezeichnet stand!" Doch zu diesen reifen und bewegenden Worten konnte Rehlein sich (noch) nicht durchringen.

„Später einmal. Wenn meine Tage dereinst gezählt sind!" gelobte Rehlein vage – zumal man ja mit reiner Seele vor seinen Schöpfer treten möchte.

Buz vergaß mir "Auf Wiedersehen" zu wünschen und saß einfach schon auf Hessenart behäbig im Auto. Zuvor hatte ich noch oftmals, wenn auch humorig getönt und dennoch nicht ohne schmollenden Beiklang ausgerufen: "Dem Papa ist es völlig wurscht, daß ich daheim bleibe."

Ganz zum Schluß war Buz dann doch noch sehr nett, und wir küssten uns durchs geöffnete Autofenster hindurch.

An ihrem Fenster schimmerte Frau Rautenberg hinter Spitzenstores.

Vormittags um elf Uhr stak sie noch immer im Nachtgewand, und beim Blumengießen hatte sie so eine wackelig-wichtigtuerische Ausstrahlung.

Ich verdächtige Frau Rautenberg insgeheim, ein ganz faules Frauenzimmer zu sein.

Nachts läßt sie sich vollaufen, und morgens findet sie nicht aus dem Bett….

Im *Stern* las man eine ergreifende Geschichte einer Frau die ihren Säugling, den kleinen Lasse, unbedingt nicht haben wollte, und somit auf eine anonyme

Geburt bestand, wo der Säugling hernach zur Adoption freigegeben würde. Doch dann mußte sie ständig zwanghaft auf das Polaroidfoto schauen, das man ihr zur Erinnerung mit auf den Weg gegeben hatte, und zum Schluß wollte sie den Lasse dann doch wieder haben.

Was hat man sich im Krankenhaus über diesen Sinneswandel gefreut!

Der Lasse sieht süß aus, doch seine Mutti wirkt verscheucht und innerlich zerrupft, da sie ja eigentlich gar keinen Bedarf nach einem Säugling hat. Die mütterlichen Instinkte jedoch verbieten es, ihn wegzugeben.

Für ihren Sohn hatte sie bereits einen Brief verfasst und hinterlassen, den er erst lesen dürfe, wenn er 18 Jahre alt sei.

Jetzt darf er ihn auch erst lesen, wenn er 18 ist - doch da lacht man dann vielleicht drüber?!

Nachmittags in der Fußgängerzone:

Ähnelnd einer Frau, deren "biologische Uhr tickt" und die von früh bis spät vom Wunsch nach einem Säugling benagt wird, ging mir ein schnuckeliges Haustier und sei´s ein kleiner grüner Frosch, nicht mehr aus dem Kopf, so daß ich die Zoohandlung betrat. Dort griff ich mir ein Buch über Reptilien.

Ein Kapitel hieß: "Im Terrarium fühlen sie sich pudelwohl!"

Und ein anderes Kapitel war ebenfalls sehr erhellend betitelt worden. Grad so, als sei´s für werdende Eltern verfasst: "Ein kleines Krokodil kommt ins Haus!"

Es gibt so viele Reptiliennarren, einer davon bin ich, und denen möchte man mit diesem Buch eine Stütze sein…

Einerseits heißt´s: Ein Reptil kann so viel Freude schenken…

Und andererseits: Der Mensch hat leider keinen Zugang zu Reptilien….

(Letzteres stimmt traurigerweise)

Wieder kamen in den fünf Uhr Nachrichten nur Regengeschichten. D.h. der Regen ist vorbei, aber die Flut ist geblieben, und jetzt brechen Strom und Wasserversorgung in den gebeutelten Gebieten zusammen.

Die Semperoper hat man schon aufgegeben und ein Parkplatz in dem nur noch ein einzelnes Auto schwamm, sah gar aus wie ein See!

Abends dichtete ich in der Wärme vor dem Hause. Hob ich den Kopf der Sonne entgegen, so sah ich, wie Frau Priwitz ihren grünen Sonnenschirm zusammenfaltete. Für die bald 91-jährige Frau Priwitz hat es somit auch in diesem Jahr wieder einen schönen Gnadensommer gegeben.

Ich telefonierte mit der Omi Ella und der Tante Uta, die in Grebenstein zu Besuch war. Der Uta erzählte ich plastisch von den drei Elefanten die durch die Fußgängerzone gelaufen sind, und daß ich gemeint häbe, es läge am Klimawechsel!

Abends kehrten Buz und Rehlein aus Norderney zurück.

Gemeinsam fuhren wir nach Sandhorst, dieweil wir die kleine Mira an ihrem ersten Geburtstag mit einem kleinen Stoffpinguin bescheren wollten.

Die Mira ist sehr niedlich, dynamisch und von raumeinnehmendem Wesen. Manchmal sagt sie laut und scheppernd: "DADADADADADADA!" und duldet keine Widerworte.

Als die Kleine ins Bett gebracht worden war, saßen wir mit dem Christoph noch beieinander und lauschten einem aufgebrachten Klavierquartett von Philipp Emanuel Bach. Einem Komponisten, der sich mir so besonders familiär anfühlt, da er mich in seiner leidenschaftlichen Empörbarkeit an Ming, Opa und Rehlein erinnert.

Samstag 17. August

Ein atemberaubend schöner, warmer Sommertag.
Ein Geschenk!

Traum:
An einem trüben Tag fuhren wir zu fünft im Auto eine Landstraße entlang. Am Wegesrand stand eine ratlos wirkende vornehme und reife Chinesin, die versuchte, per

Anhalter auf ihrem Lebenspfade weiterzukommen. Doch unser Auto war ja bereits voll!

Aber auf der Heimfahrt am Abend rückten wir etwas enger zusammen und quetschten sie ja doch noch irgendwie in unsere Mitte, so daß sie hernach bei uns im Wohnzimmer herumstand.

Ich bat Buz, auf fließendem Chinesisch zu sagen: "Ni yao dao naör tschü ma?" (Pekinesisch eingefärbt)
(Wo wollen Sie hin?)

Doch Buz sprach nur auf lässigem Künstlertypen-Bullshit-Englisch und ich war ganz enttäuscht, da ich so gerne mit Buzens Chinesischkenntnissen angegeben hätte, und benörgelte ihn demzufolge leicht.

Buz hatte sich allerdings etwas anderes Lustiges ausgedacht: Daß nämlich gleich der Wembo kommt und so tun solle, als sei er unser chinesischer Diener.

Beim Frühstück schlug ich Buzen vor, statt meiner nach Baltrum zu reisen um das abendliche Violinkonzert zu spielen, damit er auch mal wieder etwas Spielpraxis bekäme: Er könne dreimal hintereinander die g-moll Sonate von Bach darbieten. Hinterher sagen dann die Leute: "Das letzte Werk hat mir am besten gefallen!" weil sie´s ja dann schon gewohnt sind, und Buz sich hinzu freigespielt hat.

Buz brachte dünne Gegenargumente wie beispielsweise, daß die Leute doch jetzt alle schon auf *mich* eingestellt seien, und ich machte ihm vor, wie Pfarrer Friebe auf die geplante Änderung reagieren würde:

"Bringt er dann seine eigene Gitarre mit?"

Rehlein lag Buzen damit in den Ohren, daß er der Han-Lin eine Empfehlung schicken müsse, und ich erzählte wie ich in der Fahrschule gelernt habe, daß man alles immer *gleich* tun müsse. Am besten wäre es gewesen, er hätte die Empfehlung schon gestern abend geschrieben und dann zügig abgesandt.

So entschwand Buz in sein Zimmer, um sich dieser mühe- aber auch ehrenvollen Aufgabe hinzugeben, so daß man auf seinen Hinterkopf mit der kleinen herzförmigen Glatze draufblicken konnte, wenn man die Tür einen Spalt weit öffnete.

Rehlein schäumte, wenn auch auf griffig-ansprechende Weise noch eine Weile hinter Buzen her, da sie so enttäuscht war, daß er, der immer so viel herumgetönt hat, sich nicht mit einem begeisterten „Au ja!" zum Einspringen bereit erklärt hat.

Ich half Buz engagiert beim Niedertippen seiner Empfehlung und wurde davon ganz frühlingshaft gestimmt, weil es ja eine liebevolle, soziale Tätigkeit ist.

Manisch-aufgequirlt brüstete ich mich mit meinen hohen Sekretärinnen-Qualitäten zumal ich auch das Kuvert gestaltet habe.

"Eine gute Sekretärin quatscht und frägt nicht viel rum, sondern tut´s einfach!" sagte ich altklug.

Ich wäre womöglich eine noch viel bessere Sekretärin geworden als die Frau Waldau, jene Dame, die uns ständig damit in den Ohren liegt, daß sie Fotos vom Jade-Quartett brauche - denn ich wäre einfach hingereist, und hätte die Fotos vom Jade-Quartett selber geschossen.

Das Wohnzimmer sah ganz verrumpelt aus, weil alle Möbel beiseite gerückt waren, und Rehlein sich als Wischwunder betätigte.

Ich war sehr gerührt, daß Buz es einfach geduldet hat, daß ich das Poster, das den jungen Ming in einer Baumkrone in Amerika zeigt, an Buzens Zimmertür geklebt habe ohne ihn zu fragen, und machte Rehlein vor, wie das Kläuschen an Buzens Statt wohl reagiert hätte (quängelig im Tonfall): "Och nein, Antje! So schön es ist, aber es *muß* hier nicht hängen - und es hängt ja noch nicht einmal ganz gerade!"

Beim Mittagessen:
Buz zickte ein bißchen herum, weil es Sardinen in Öl gab, die ihn so an seine Lebertran durchtränkte Jugendzeit erinnerten.

Nach dem Essen schaute Buz einen heiteren Rühmann-Film.

Auf dem Spaziergang, der wetter- und wärmebedingt zu einem unvergesslichen Erlebnis wurde, sahen wir, wie ein junger fescher Bauersmann eine Kuh mit ihrem Kälbchen von der Herde hinfort trieb.

Die verbliebenen Kühe muhten laut hinter dem Gespann her, und es hörte sich an wie die empörte Stimme des Volkes.

Der freundliche Bauersmann erklärte uns, daß die anderen Kühe immer am prallgefüllten Euter der frischgebackenen Mutti naschen möchten, so daß für das kleine Kälbchen viel zu wenig übrigbleibt!

Rehlein & Buz sprachen einen weißhaarigen Herrn mit Hund an.

Der Herr war sehr nett, doch der Hund mit Namen "Eika" bekläffte uns laut und erbost, weil er unbedingt spazieren wollte und es nicht duldete, daß sich sein Herrchen schon wieder mit irgendwelchen fremden Leuten festschwatzt.

Aber den Hundebesitzer freut´s doch immer so, mit wildfremden Menschen über sein Hündchen zu psychologisieren.

Sonntag, 18. August

Sonnig, doch nicht ganz so schön wie gestern.
Abends waschküchenhaft verhangen

Vom Brötchenkauf bei ARAL hatte ich Freikarten für den Zirkus mitgebracht. D.h., wenn man ganz genau hinschaute, stand da zu lesen

Eine Freikarte

bin ich zwar nicht, aber eine Ermäßigung

Ich legte die Karten als Überraschung auf die Frühstücksbrettchen.

„Wir sollten Antje und Kläuschen einladen!" rief ich, wie schon so oft, aber man ist in einen postkonzertalen Brunnen gefallen und findet keine Kraft mehr, sich herauszuhangeln und Vorsätze in die Tat umzusetzen. Man kann sie gerad eben noch in Worte kleiden. Mehr schafft man nicht mehr.

Wir sprachen über die Claudia, die Neue an der Seite von unserem Vetter Friedel, und daß Friedels Mutti Antje sich somit an ein neues Gesicht in der Familie gewöhnen muß.

Wie einsam die Claudia doch war, bevor der Friedel in ihr Leben trat!

Der Lebensrestberater hatte ihr geraten, sich bei einem Kursus einzuschreiben (einem Computer-Kurs), und dort eine gewisse "Bereitschaft" auszustrahlen.

Ist man klug, so meldet man sich beim Computer-Kurs für Fortgeschrittene an, denn dort gibt es die klügsten Männer.

"Keine normale Frau käme auf die Idee, sich einen Lebenspartner im Fortbildungsseminar (bzw. Nach-sitzungsseminar natürlich) der Fahrschule Renz zu suchen!" sagte ich mit einem Seitenblick auf Buz.

Beim Zähneputzen malte ich mir aus, wie das Telefonat mit der Antje wohl ausschauen könnte?

Das Kläuslein zuckt beim Auftönen des Telefons schon gleich neurotisch zusammen, da man „es" kommen zu sehen glaubt: Wieder soll man zum Enkelsitten abkommandiert werden - doch dann bin´s ja bloß ich, und ich sag zur Antje: "Du, Antje, dieses Angebot kommt nie wieder! Wir wollen Dich über´s Wochenende einladen. Bitte nimm den nächsten Zug und komm!"

Auf Seniorenart würde die Antje tausend Argumente zusammenklauben, warum es nicht geht: Montag: Mariustag, Dienstag: Dem Kläuschen versprochen, mit in die Kelten-ausstellung zu gehen, - zu plötzlich - , und vieles mehr.

Ich würde noch ein bißchen rumargumentieren: z.B., daß ihr als Frau über 60 doch jederzeit die Aorta platzen könne, so daß sie vielleicht mehrere Tage lang ins Spital müsse? Und diese Tage im Spital die ihr rein theoretisch jederzeit blühen könnten, die könne sie fürwahr anderweitig nutzen und bei uns verbringen!

Am Vormittag nervten mich Buzens Fingeraufklappübungen, und so trat ich zu dem "Übenden" hin und warf die Frage auf, ob man zu dererlei Übungen immer unbedingt den Bogen über die Saiten ziehen müsse?

"Du könntest derweil mit der anderen Hand z.B. ein paar Briefe schreiben!" regte ich an.

Montag, 19. August

Grau. Wolkig verhangen. Unangenehm diesig

Buz mit seiner wie poliert ausschauenden geschwollenen Nase sieht derzeit aus als solle man ihn vom Malermeister Henk Helmantel in Öl fassen lassen, da dieser berühmte Maler so berühmt dafür ist, wie gut er den Glanz hinbekommt - und so wie Buzens Nase jetzt glänzt?

Man verdächtigt Buz, zu oft in der Nase gewühlt zu haben, doch Buz redete sich dahingehend heraus, daß er sich die Nase an einem Riff in Norderney angeschrammt habe, und dadurch sähe sie nun so aus.

Sogar andere Stellen hat sich der arme Buz aufgeschürft, und Ming mutmaßte gar scherzend, ob er sich nicht vielleicht den Hodensack aufgerissen und damit das halbe Meer befruchtet haben könne?

Unfaßbar, aber auch irgendwie reizvoll und geradezu ergreifend wäre es somit, wenn in der kühlen Nordsee auf einmal tausende und abertausende Fische mit Buzens Zügen im Gesicht herumschwämmen?

Halbgeschwister von uns mit interessanten Gaben, die Fische normalerweise nicht haben!

Beim Üben sah ich, wie Herr Meyer den Pfosten an unserer Einfahrt abtrug, da Buz sich einen silbergrauen BMW anschaffen will, der auch zum konversatorischen Mittelpunkt unseres Mittagessens wurde.

Der stolze und stets optimistisch gestimmte Buz hatte sogar eine Liste mit lauter Extras dabei, und ich selber dachte mir auch noch ganz viele andere Extras dazu aus:

z.B. ein Schokus-Pokus-Auto, das beständig seine Farbe wechselt:

Kommt ein Polizeiauto, so wird´s grün und weiß, und außerdem hat´s einen Schleudersitz für Ehefrauen, die es mit ihrer Meckerei zu weit treiben.

Am Nachmittag besuchte ich den Zirkus.

Ich war erschüttert, weil es so gar keinen Zulauf gab.

Gerade mal zwei Reihen mit Plastikstühlchen waren besetzt, und es saßen vorwiegend kleine Kinder drauf.

Ich stellte es mir schrecklich vor, angesichts dieser Mondkälber in Schwingung zu geraten.

Auf der Manege wurde ein kleines Pferdchen ins Bett gebracht.

Die glitzernd verpackte Ansagedame redete ein wenig künstlich gewunden, aber ihre Worte waren ja auch mehr für ein tausendköpfiges, begeistert aufjohlendes Publikum gedacht.

Zum Schluß kam die große Nummer mit den drei Elefanten.

Sie bildeten eine Dreierkette, hielten sich so nett am Schwanz, und wir Zuschauer waren nun wirklich verblüfft, *wie* riesig diese Tiere waren. Groß wie

Felsen! Und doch so charismatisch, daß man vom Bedürfnis gestreift wurde, sich mit ihnen zu befreunden.

Sie begrüßten das Publikum freudig mit einem Trompetenklang, machten je einen Handstand, lächelten und und türmten sich zu einer künstlerischen Figur auf.

Der Direktor Franz Renz mit seinem prächtigen Zylinder auf dem Kopf, der eigenhändig die Peitsche zu dieser schönen und sehr künstlerischen Dressur schwang, wirkte indes ganz unfroh bei seiner Arbeit.

Daheim erzählte ich Ming begeistert von diesem kleinen Wanderzirkus.

Der interessierte Ming ließ sich sogar dazu weichklopfen, nochmals in den entlegenen Stadtteil Tannhausen zu fahren, um die Elefanten zu begrüßen, obwohl ich nicht sicher sein konnte, ob die nicht vielleicht schon eingepackt im Wagen auf die Abreise warteten, während die Truppe freudlos das große Zelt zusammenschnürt?

Ich fuhr mit, denn es war mir ein Bedürfnis, die Elefanten durch Mings Augen noch besser kennenzulernen.

Man hatte so gehofft, Tausende mit diesen wunderbaren Darbietungen zu erfreuen - doch erschienen sind letztendlich vielleicht 18 - 20 Kinder zwischen drei und sechs Jahren und ein paar Erziehungsberechtigte?

Auf der Hinfahrt erzählte Ming, wie er in alten Fotoalben gesehen hätte, daß Rehlein & Buz früher wie selbstverständlich immer in ausverkauften Sälen gespielt haben.

Dann freuten wir uns:
Die Elefanten standen einfach so auf einer Wiese.
Sie standen auf Vertrauensbasis da und grasten. Theoretisch hätten sie auch türmen, und irgendwo ein anderes Leben anfangen können?
Doch man kannte sie und wußte: Es sind ganz liebe und artige Dickhäuter. Gut und freundlich zu jedermann, so daß Klagen welcherart auch immer, nicht zu erwarten sind.
Man schaute drauf, und konnte es kaum fassen.
Lieb und harmlos präsentierten sie sich den Ostfriesen.
Der warme Ming streichelte sie und rupfte ihnen sogar Grasbüschel zurecht, und die Elefanten griffen dankbar danach.
Vereinzelte, fassungslose Schaulustige standen auch noch herum, und uns fiel es so schwer uns nach einer Weile wieder von unseren neuen Freunden zu trennen.
Es seien "charismatische Tiere", meinte ein herum-stehender Herr bedeutsam.
Man schaut sie an, richtet ihnen einen riesengroßen und warmen Platz in seinem Herzen ein und kann sich kaum noch trennen.
Mir war zumute, als wolle ich mich aus einem fernen Land verabschieden, und man glaubt wohl kaum, daß man diese drei Dickhäuter in diesem Leben noch einmal wiedersehen wird?

Abends, als ich soeben ausgelost hatte, joggen zu gehen, bemerkte ich, daß Besuch gekommen war.

Hinter der Stubentür vernahm ich die Stimme eines Fräuleins.

„Das wird wohl die Luisa sein?" dachte ich.
(Eine Flamme Mings)

Erst als ich vom Joggen zurückkehrte, sah es, daß es eine junge Helferin vom Musikalischen Sommer war: Julia Müller.

Rehlein ließ anklingen, daß für sie mitgedeckt sei, und die Julia benahm sich ein bißchen wie „der Schweizer" im Buch von Dietmar Schwanitz. Statt sich höflich zu zieren, wie von einem jungen Fräulein doch wohl erwartet würde, oder zumindest einige verbale Bücklinge drum herum zu ranken, setzte sie sich einfach so an den Tisch und langte zu.

Rehlein frug die Julia, ob sie wohl auch so ungern mit ihren Eltern im Doppelpack zusammen sitze wie ich?

Doch der Julia ist diese Kombination lieber, denn wenn sie mit nur einem Elternteil zusammen ist, dann wird sie immer ausgefragt, und empfindet dies als lästiges Eindringen in ihre Privatsphäre.

Die Julia ist ein Einzelkind, und so sprachen wir über Babyklappen, und das Schicksal von meiner Freundin Simone L., die als Kind in Korea einfach ausgesetzt und schließlich in Deutschland von einem schlichten fränkischen Ehepaar adoptiert wurde. Heute spricht sie so fließend fränkisch, daß sie sich von einer normalen Fränkin nur noch optisch unterscheidet.

Ich äußerte den Verdacht, daß Simones echte Mutti das Kind gar nicht aussetzen *wollte*. Sie habe lediglich auf einem großen koreanischen Marktplatz inmitten einer riesigen Menschenmenge plötzlich geglaubt, die Liebe ihres Lebens wiederzusehen. Einen gutaussehenden schlanken Herrn, der sich mit einem Aktenköfferlein in der Hand durch die wabernden und engmaschigen Menschenmassen quetschte um eiligen Schrittes Richtung Bahnhof zu streben. Aufgeregt versuchte Simones Mutti den Herrn durch stürmisches Gewinke und lautes Rufen auf sich aufmerksam zu machen und zum Stehenbleiben zu bewegen. (Vergebens)

Sie hatte den Kinderwagen nur ganz kurz vor dem Geflügelstand stehen lassen, um sich dem Wegstrebling an die Fersen zu heften und sich hinterher zu mühen, verlor dabei jedoch einen Schuh, und während sie sich danach bückte, wurde der Kinderwagen erbarmungslos von den Menschenströmen hinwegbewegt, da Korea im Gegensatz zu Mecklenburg-Vorpommern ein unerhört dichtbevölkertes Land ist.

Später wurde jemand auf den Kinderwagen mit dem weinenden Kleinkind aufmerksam, doch eine hinzugehörige Mutti war nirgends auszumachen. Damals gab es noch kein Telefon. Die Schlangen vor der Vermisstenstelle der Schandarmerie waren lang, und die Beamten desinteressiert. Gefundene Kleinkinder wurden ohne großes Federlesen an adoptionswillige Ehepaare im Ausland verscherbelt, und den zurückgebliebenen Eltern blieb nichts anderes übrig, als sich ein neues Kind anzuschaffen.

Abends sagte ich nun schon zum zweiten Male: "Ich glaube kaum, daß ich die drei Elefanten noch einmal wiedersehen werde!" und das gleiche sagte ich auch noch ein drittes und ein viertes Mal, und dann sagte ich es auch noch über einen kleinen Esel, den ich einmal kennengelernt habe, und wurde traurig dabei.

Man richtet den Tieren einen Platz in seinem Herzen ein und sieht sie nie wieder.

Dienstag, 20. August

Schön hochsommerlich. Als es dunkel war,
gab´s allerdings ein leichtes Gewitter

Am Tag vor meiner ungewissen Abreise nach Rerik hätte ich eigentlich ganz viel erledigen und üben sollen, doch ich brachte wenig zustande, so daß mir die Mahlzeiten wie rettende kleine Oasen auf hoher schwappender See erschienen.

Später sollte ich auch noch sagen: "Ich müsste acht Helfer haben, wie der ottO, dann würde ich das Leben *vielleicht* meistern."

Doch jetzt wurde erstmal gefrühstückt. Buz saß auf dem Sofa und las.

"Warum wünschst Du mir nicht "Guten Tag"?" frug ich.

"Guten Tag wünsche ich!" sagte Buz.

Jetzt hatten wir ein Frühstücksthema: Das Grüßen.

Gestern hatten wir ja von Frau Saathoff erfahren, daß Bodo Olthoff, der Maler, prinzipiell nie grüßen würde.

Doch vielleicht tut er´s ja auch nur (nicht), weil es ihm - so wie auch seiner Enkelin Daaje - nie jemand geraten hat?

Der Daaje möchte man als Erwachsener am liebsten eine Watschen herabhauen weil sie nicht grüßt.

Wieder kam die Rede auf das schöne Auto mit den vielen Extras, das vielleicht bald gekauft wird, oder auch nicht.

Ming warf ein grünes oder ein blaues Auto in den Diskussionsring und Rehlein stimmte für das Grüne.

Rehlein so goldig zu Buzen: "Ich dachte, das Grüne paßt besser zu Deiner roten Nase?"

Dann sprachen wir darüber, wie Ming jetzt wohl den Rest seines Urlaubs gestalten solle?

Ich machte Ming den Mund wässrig:

Wenn wir nämlich morgen Richtung Rerik fahren und unterwegs in einem schönen Landgasthof übernachten, dann hängt dort womöglich ein Plakat "Zirkus Franz Renz"?

Dies sagte ich aufmunternd wie eine 11-jährige, da ich dann meine drei Elefanten, die ich so ins Herz geschlossen habe, doch noch einmal wiedersähe!

Ich erzählte Rehlein, daß die drei Elefanten bestimmt nicht artgerecht gehalten würden. Der eine habe sogar hospitalisiert mit dem Kopf gewackelt, denn die Elefanten sind es doch gewöhnt unter der Sonne Afrikas zu stehen - umgeben von fröhlichen, lachenden und schön geschmückten Mohren, statt vom frustrierten und lebensgegerbten Mitarbeiterstab des Zirkus Renz´!

Nach einer Weile kam ein Herr von der Aachener Bausparkasse.

"Schreiner" hat er geheißen, und schaute braungebrannt, massig und raumausfüllend in einem aus.

Rehlein & Buz benahmen sich je ein wenig albern, und ich fühlte mich in jene Zeiten zurückversetzt, als Opa & Mobbl die frischvermählten unreifen jungen Leute mit größtem Bedenken erstmal ihrem Schicksal überlassen, und in die Flitterwochen ziehen lassen mußten.

Nicht einmal ihre Ehekriseleien konnten sie vor dem Herrn verbergen.

Buz wollte lustig sein und sagte über irgendwelche schriftlichen Anträge, die man machen müsse: "Ich *kann* schon, aber ich *will* nichthöhöhöhöhöh!" (das Gelächter schmiegte er so unmittelbar an das letzte Wort hintan, wie es auch hier geschrieben zu sehen ist) und Rehlein schnitt eine stöhnende Miene dazu.

Ming zählte nochmals genüßlich die Riesenpöter auf, die es unlängst am Strand vom Tone zu bestaunen gab. (Einige Bekannte, die man hier aus datenschutztechnischen Gründen nicht nennen darf.)

Über mich sagte Rehlein nett, so doch auch vieldeutig, ich hätte ein „süßes" Figürchen.

Zu Mittag gab es ein feines Nudelgericht:

Ming versuchte erzieherisch auf Buzen ein- zuwirken indem er ihn bat, dreimal in Folge "Oberstudienrat" zu sagen, weil Buz gewohnheits- mäßig sonst immer "Oberstupidienrat" sagt – auch in Gesellschaft!

Durch schönsten Sonnenschein radelte ich in die Stadt um den Optikermeister Max Strecker aufzusuchen.

In die übergroße Herzlichkeit zwischen uns hat sich eine leicht unangenehme Spannung hinein- geschlichen, so fand ich - in jenem Sinne daß wir beide übertreiben, und somit kurz davor stehen, daß nun aber mal genug ist.

Aber als ich den Laden verließ, fühlte ich mich plötzlich manisch aufgequirlt, so daß ich jetzt doch Lust hätte zu heiraten: Und zwar Max Strecker. Nicht weil ich ihn liebe, sondern ganz einfach nur, weil ich das Zusammenleben mit ihm erproben möchte.

Dann besuchte ich die Schneiderei am Wall, und wurde dort von einer verbitterten und unfreund- lichen Russin mit bleichen Schwabbelarmen leider nur mittelmäßig bedient.

Mittwoch, 21. August
Aurich - Rerik

Zunächst sonnig.
Doch ab Hamburg wurde es regnerisch

Ming und ich sprachen über den Bernhard, einen Spezi Mings: Ich erfuhr, daß sich der Bernhard so gerne nackt präsentiert, daß man ihn wissenschaftlich gesehen schon als "Nudisten" bezeichnen darf.

Er hat so hart für seine tolle Figur gearbeitet und ist so stolz darauf, so daß er es als Sünde empfindet, sich der Allgemeinheit nicht als "Leckerbissen für die Augen" zu präsentieren. Hahaha – hie und da schreiben Journalisten: „Ein musikalischer Leckerbissen!" Doch „bissen" scheint mir da ebensowenig hinzupassen wie zu Bernhards Figur.

Je mehr man darüber nachdenkt, desto sicherer kommt man zum Ergebnis, daß der Bernhard der ideale Kandidat für die Frauen sei - wenn da nicht seine Mutter wäre.

Doch wenn die Mutter mal gestorben ist, dann herrscht für den Bernhard freie Bahn.

Für Ming war ein Fax von der Nora gekommen, denn nur eineinhalb Tage nach dem Urlaub auf Korsika hält es die Nora in Pforzheim nicht mehr aus, so daß sie sich kurzentschlossen auf eine Reise Richtung Leer zu begeben gedachte.

Ich fabulierte Ming vor, *wie Noras Schwester Sabine geraten hat, nach Ostfriesland zu reisen, und Ming die Pistole auf die Brust zu setzen.*

"Aber ich bin doch so häßlich und farblos!" heult die Nora.

"Nein. Du bist wun-der-schön!" sagt die Sabine mit Nachdruck, "du darfst nur nicht immer so ein böses Gesicht machen!"

Ming freut sich aber nicht auf den Besuch und möchte stattdessen lieber gescheit für´s Abitur lernen.

Ich fuhr auf der bleichen und kaum befahrenen A20 Richtung Rostock. Durch den Rückspiegel bestaunte ich einen atemberaubenden Sonnenuntergang: Die Sonne groß, glänzend und geschmeidig wie ein Dotter, schien aus purem Gold.

Im Radio wurde ein Konzert aus dem Kieler Schloß geboten. Es gastierte das Europäische Jugend-Symphonieorchester, und die 73-jährige Ida Haendel, eine Frau mit einer riesengroßen Wiegenfrisur, die man durch das Radio natürlich nicht sehen konnte, spielte das Violinkonzert von Bruch ein bißchen unsauber, was wohl auf eine leichte, altersbedingte Hörschwäche zurückzuführen war? Sie nahm sich jedoch, gerad zu Beginn, aufreizend viel Zeit, um der unreifen Jugend zu bedeuten, es sei ein Unding, immer so stringent nach vorne zu spielen: Die ersten Töne, die ein schlichtes g-moll-Gebilde ergeben, verwandelten sich in einen riesenhaften Geist, der hinter den Bergen aufstieg –

er wurde größer und größer und schien kein Ende
nehmen zu wollen.

„Komm zu Potte, Omi!" dachte Buz in mir.

Donnerstag, 22. August
Ostseebad Rerik

Sommerlich und sonnig

Am Morgen fühlte ich mich froh, hier zu sein:
Ich erwachte in dem schönen Musikzimmer von
Frau Anne Mielich, der Kantorin, die einfach ein
eigenes großzügiges Zimmer inmitten des so reich-
haltigen Gemeindehauses bewohnt.

Mein Haupt direkt an ein kleines Fenster gebettet,
durch das man auf diesen schönen Kurort schaut.

Mir kam es vor, als hätte ich eine Kur oder aber
einen erfüllenden Urlaub an der Ostsee angetreten.

Obwohl ich einsam *war*, und an diesem Ort noch
keine Freunde gefunden hatte, *fühlte* ich mich nicht
einsam.

Ich stellte mir zum Spaß die ganze Zeit vor, wie es
jetzt wohl wäre, mit einem reifen Herrn, den ich
über eine Annonce kennengelernt hätt, hier Urlaub
zu machen.

Doch alleine gefiel es mir besser.

Den Strand hab ich mir am Vormittag auch
angeschaut: Türkisfarben und etwas schräg
bezüngelte das Wasser den Landessaum.

Es war Ming, der in mir zu Wort kam: Daß es ein Unding sei, die Ostsee zu besuchen ohne darin zu baden, und nun sattelte ich mich zum Schwimmen zurecht.

Auf dem leeren schönen Strand steht ein silberner Geldeinzugsautomat, und man möge 1 €uro 50 Meeresabnutzungsgebühr entrichten.

Also lief ich in mein Zimmer zurück, um ein paar Münzen herbeizuholen.

Als ich wiederkehrte, hatten sich vereinzelte Kurgäste angesammelt.

Etwas umständlich gestaltete sich meine Umkleideprozedur, weil mein schützendes Handtuch eine Spur zu kurz war. Das Publikum - lauter Ü70er - schien mir aber reichlich dröge und desinteressiert: Ich müh´ mich da ab, und keiner schaut hin!

Als ich endlich in meinem appetitlich, orange-tönigem Badegewand stak, fühlte ich mit meinem Figürchen mich irgendwie sympathisch an. Bettwarm und griffig.

Ich schwamm in milder Brandung, und es tat mir so gut.

Nur einmal geriet ich leicht in Panik, weil ich das Gefühl hatte, ich schwämme und schwämme voran und bliebe immer an der gleichen Stelle kleben?

Doch wäre ich ertrunken, so stünden diese Zeilen ja wohl schwerlich hier, oder?

Auf unserem Hof, wo die beiden verspielten langhaarigen Hunde "Paula" und "Jenny" leben, lernte ich bald darauf Frau Mielich kennen, die auf ihrem Fahrrad des Weges kam. Eine schlanke, zirka 43-jährige Frau mit rötlichem Pagenkopf und künstlichen Zähnen.

Nicht unnett - so doch holsteinisch spröde.

Sowohl bei ihr, als auch bei der zirka 50-jährigen Pastorin Karen S. könnte man annehmen, sie wäre in einem Topf mit roten Rüben mitgekocht worden, da bei ihnen alles irgendwie rötlich wirkt: Haare, Haut, die Kleidung - einfach alles.

Abends fand mein Konzert in der gut besuchten Kirche statt.

Freitag, 23. August

Diesig - sommerlich. Sehr heiß

Frühstück im Caféhaus:

In der Zeitung las man viel über die Flut:

Ein 78-jähriger Bauersmann erhängte sich, weil es zu viel für ihn geworden war, und eine 82-jährige Rentnerin mit spitzem Gesicht kann das Grab ihres Mannes nicht mehr besuchen, weil die Brücke über die sie immer drübergewackelt ist, eingestürzt war.

Ferner las man, daß Wolfgang Schäuble knapp einem zweiten Attentat entronnen sei:

Ein Betrunkener wollte ihn aus Frust mit der Geflügelschere attackieren, doch der unerschrockene CDU-Politiker ließ sich seinen frischen Mut nicht nehmen.

"...es beeindruckt mich auch nicht..." habe er gesagt, und man sah es förmlich vor sich, wie er mit seiner leisen Hasenscharte auf schwäbisch eben diesen Satz gesprochen hat.

Über den Rand meiner Lektüre hinweg schickte ich meine Gedanken zu Katharinas Eltern im Schwabenland, und setzte die kleinen Puzzelstückchen die mir bekannt sind zu einem eindrucksvollen Portrait eines Ehegespanns zusammen.

Im Geiste entwarf ich zunächst ein Bildnis des Vaters, der ein schrecklicher Mensch sei.

Andererseits sei er wiederum hochmusikalisch, und krankt entsetzlich daran, kein Pianist geworden zu sein.

Es ist sein Beruf als Pfarrer, der ihn krank gemacht hat, denn er weiß längst, daß es keinen Gott in diesem Sinne gibt, - allenfalls einen, der ihm hinter seinem Rücken eine lange Nase dreht. Er hasst Rituale und die ganze Bibel mit all dem gequirlten Unsinn, der dort zu lesen steht.

Für den HERRN, von dem er zu wissen glaubt, daß es ihn gar nicht gibt, empfindet er nichts als bebenden Zorn und rasende Wut. Wenn keiner hinschaut schüttelt er zuweilen seine Faust drohend gen Himmel.

Bald zwickten mich wieder meine Arbeitsgene. Es hätte ein schöner Urlaubstag werden können oder sollen - aber nein! Ich muß mir alles erst verdienen.

Ich stellte mir vor, wie der zwölfjährige Maxim Vengerow mit seinen Eltern Urlaub an der Ostsee macht, und wie die Eltern streng darauf beharren, daß der Herr Sohn auch im Urlaub täglich drei Stunden lang auf der Violine übt. Und diesem Beispiel wollte nun auch ich folgen.

Oben in dem so schönen, ashramsartigen Musikzimmer war es unglaublich heiß: Mein Kinn schwamm auf der Geige herum, und ich drohte los zu müffeln.

Mit der Pfarrersfrau, die ausschaut, als sei sie in einem Topf mit roten Rüben mitgekocht worden, hab ich mir in fast schon belustigender Weise gar nichts zu sagen.

Ab und zu begegne ich ihr, wenn ich die Schlüssel auf den Tisch lege, und dann kann man nichts anderes sagen als vielleicht: "Die Schlüssel" und wüßte selber gar nicht, ob dies nun eine Frage oder eher eine Aussage sein soll?

Gestern hatte ich noch gedacht: In diesem Ort habe ich keine Freunde! Und am Abend im Konzert dachte ich wiederum:
"Soeben noch keine Freunde - und plötzlich ganz viele Freunde!"

Doch die haben sich zerlaufen, und jetzt habe ich wieder keine mehr.

Zum Dichten hab ich mir die schöne alte Holz-bank vor dem Hause ausgesucht - doch dort wurde ich unentwegt von Moskitos molestiert, und außerdem trippelten die Hunde gleich neugieig herbei, um zu schaun, was ich da treibe?

Den ganzen Tag vermisste ich Opa & Mobbl, weil mich hier alles so an früher erinnerte.
Über Mobblns Exitus dachte ich pathetisch:
"Ein Leben wurde sinnlos ausgelöscht!"

An einem kleinen Kleidergeschäft klebte eine bestürzende Nachricht:

Wegen schwerer Krankheit sind wir gezwungen dieses schöne Geschäft, das wir mit so viel Liebe betrieben haben, aufzugeben!

Und auch wenn ich die Betreiber nicht gekannt habe, traten mir Tränen in die Augen, und ich wurde traurig.

Samstag, 24. August
Rerik - Lübeck

Diesig schwül. Zur Dämmerstunde
ein leichter Waschküchenüberzug

Traum: *Ich hatte mir für meine Geige eine Kinnstütze gebastelt und nun fand ich sie genau dort nicht, wo ich mir sicher war, sie hingelegt zu haben.*

Davon wurde mir seelisch ganz grau zumute - mein Dopaminspiegel sank, und ein nicht abschüttelbares Gefühl der Unfröhe nahm ich auch noch in den Alltag mit.

Ich verabschiedete mich von der Pastorin, die man hauptsächlich vor dem Hause sieht, wo sie ihre beiden verspielten Hunde beständig zur Ordnung rufen muß.

In Rerik war´s so schön gewesen, und doch schien mir das Erleben im Nachhinein wie eine Seifenblase, die nun grad in jenem Moment, wo ich nach Art eines kleinen Wanderzirkus´ wieder auf der Landstraße fuhr, zerplatzt war.

In Lübeck:
Im Schreibwarenladen fiel mir wieder die un-sägliche Schüchternheit auf, mit der ganz normale Bürger einander begegnen: Tonlos gemurmelte Grußansätze, ein scheues „Aus dem Wege gehen…".… Ich schaute mir die Menschen an und dachte mir Namen für sie aus, die vielleicht passen könnten, und dann stellte ich mir griffige Dialoge vor, die man führen könnte, wenn man nicht gar zu schüchtern wäre. *„Verzeihen Sie, lieber Herr – darf ich Sie nach ihrem Namen fragen? Sie sehen einem Studienkollegen von mir geradezu lächerlich ähnlich!"*

In Lübeck tobte ein Halli-Galli-Markt, auf dem es allerlei zu sehen gab: z.B. Bungee-Trampoline, wo man wirklich meterhoch in die Höhe flog. Lauter kleine Kinder, an Bungieriemen befestigt, hopsten turmeshoch!

Auf dem Weg zum Auto sprach mich ein grob-behauener ostdeutscher Mann an.

Wir liefen auf dem menschenleeren Geländeplatz und er frug mich, ob ich wohl aus Lübeck käme?

Dann sagte er *scheinbar* frisch, und "wie aus dem Ärmel geschüttelt":

"Komm, Mädchen! Drehen wir ne Runde auf dem Riesenrad! Alleeene trau i mi ni!"

Doch ich wunk ab, auch wenn damit schon wieder eine Chance auf ein bürgerliches Leben vertan war.

Aber hört man nicht allzu oft vom Kirmesmörder?

Zum Spaß stellte ich mir allerdings vor, wie ich dem Herrn doch noch zurufe:

"Halt! Ich hab´s mir anders überlegt. Also gut: drehen wir ne Runde auf dem Riesenrad!"

Als gerngesehener Übernachtungsgast besuchte ich Brüdi und Gertrud Leutz, die allerdings nicht daheim waren und mir den Schlüssel hinterlegt hatten.

Der Brüdi, ein Herr mit goldenem Zwicker und federförmig abstehenden Glatzenresten auf dem Kopf, von der Ausstrahlung her an einen Uhrmachermeister erinnernd, ist Cellist im städtischen Symphonieorchester, und betreibt nebenher eine florierende Geigenbauerwerkstatt. Die Gertrud, seine in jeder Hinsicht makellose Frau wiederum ist eine wunderbare Fagottistin – vielleicht sogar die Beste weltweit – denn an ihrem Spiel gibt es nichts, aber auch gar nichts auszusetzen.

Sonntag, 25. August
Lübeck - Elmenhorst

In Lübeck feucht nebelig. Stickig - diesig

Brüdis noch sehr leeres neues Haus ist leider sehr
hallig. Furzt man beispielsweise kaum merklich und
ganz zart auf, so hört man´s gleich als lauten Knall
im ganzen Hause scheppern.

Die Eheleute waren in der Nacht nach Hause
gekehrt, und am Morgen strahlte Familienoberhaupt
Brüdi eine gewisse Stringenz aus, da die Familie die
musikalische Schirmherrschaft über die allsonn-
täglich in einer winzigen Kapelle am Wegesrand
stattfindenden Gottesdienste für die plattdeutsche
Minderheit übernommen hat. Diesmal hatte der
Brüdi auch mich als Interpretin eingeplant.

Die bettelarme kleine Gemeinde zahlt den
Leutzens kein Geld für ihre Bemühungen, doch
vielleicht schreibt man ein Honorar auf eine Liste
und setzt es von der Steuer ab?

Die Leutzens saßen ganz schweigsam am Frühstückstisch, so daß es direkt ein bißchen unwirklich
wirkte, so als säße man in einem Traum, wo jemand
den Ton abgedreht hat.

Die Gertrud erinnert in ihren lautlos verhärmt
wirkenden Bewegungsabläufen an "die Mutter" in
einem ansprechenden skandinavischen Film.

Nach einer Weile brach der Brüdi das Schweigen und erzählte von einem Herrn, der zwei Töchter habe, die beide ganz schlecht Geige spielen.

"Zusammen spielen sie gut!" versuchte ich Frische & Stimmung in die Unterhaltung einzustreuen, da es doch heißt Minus plus minus gleich Plus? Doch sie spielen auch zusammen nicht gut, sagte der Brüdi, da der Vater eine Blitzbogenstrichübung erfunden habe, die höchst kompliziert sei — so daß die beiden geigenspielenden Töchter von dem unsinnigen väterlichen Unterricht schon ganz konfus geworden sind.

Dann referierte der Brüdi über Bachs Cello-Suiten:

Als er jung war spielte er sie immer gern und fühlte auch das Bedürfnis sie anderen vorzuspielen - doch auf geheimnisvolle Weise hatte plötzlich niemand Zeit, wenn er jemandem eine kleine Kostprobe seines Könnens anbot.

Und wenn er eine Schallplatte mit Pablo Casals am Cello auflegen wollte, hatte auch niemand Zeit hinzuhören.

Da merkte er, daß die Werke die Leute nervös stimmen und Fluchtgedanken in ihnen auslösen, und daß diese Musik nur für die Spieler selber da ist.

Wir fuhren zu der kleinen plattdeutschen Kerk am Wegesrand bei Groß Grönau:

Im Kappelleninneren führt eine unglaublich steile Treppe, beinahe schon eine Leiter ganz hoch in die Höh´, und nun galt´s, mit dem Geigenkasten in der Hand die enge und steile Treppe mit ihren bedrohlich großen Zwischenräumen zu besteigen. Doch gottlob war´s nur halb so hoch, wie ich dachte. Ein Zwischenstock tauchte auf, und genau dort ließen wir Musikanten und nieder, und spannten die Notenständer auf.

Von oben konnte man auf die Kirchgänger draufschauen: Etwa 21 nahezu identisch aussehende holsteinische Seniorinnen mit grauen oder weißen Schnittlauchlocken, in betont unerotische, so jedoch angenehm gefederte graue oder beige Gesundheitsschuhe eingetopft. Und auch wenn alle gleich ausschauten so predigte der Geistliche, ein Herr mit blankpoliertem baren Haupt doch wie folgt: „Wi Minschen sünd all verscheden". Wir Menschen sind alle verschieden

Wie in einer Schulklasse saßen die Kirchgänger beieinander, und in der Predigt ging´s um die Opfer der Flut, für die das, was heut im Klingelbeutel landen würde, gedacht war.

Wir musizierten Duos von Beethoven und waren bald darauf wieder daheim.

"Dir geht´s jetzt so, wie der Antje mit dem Kläuschen!" sagte ich zur Gertrud, die in der Küche für ihre Lieben einen Zwetschgenkuchen mit Zwetschgen bebeigte, "sie genießt es immer so unendlich, wenn er mal nicht da ist - doch dann kommt er meist schon recht bald wieder. Zu bald, für ihren Geschmack!"

Das Ehepaar Leutz hat einen Sohn namens Anton der, seinem Onkel Kläuschen nicht unähnelnd, auch fast immer da ist. Morgens rennt er manchmal um den Block, - so auch heute - doch dann ist er auch fast augenblicklich wieder daheim, weil er so schnell zu rennen pflegt.

Am 29.7.1973 kam der Anton um viele Wochen verfrüht (ausgerechnet war er für den 12. Oktober) im Elsaß auf die Welt. Anfangs ein Fremder, mit dem man sich kaum anwärmen konnte, da er gefühlte 24 Stunden pro Tag geplärrt hat, ist er der Gertrud mittlerweile das Liebste auf der Welt.

Beim zweiten Frühstück mit Dampfbrötchen saß der Anton auch dabei, und ich erzählte, daß der russische Mann bloß eine Lebenserwartung von 64 Jahren habe, und wie der 55-jährige Gidon Kremer bei quasi allem was er tut denken muß: "Ob ich das in den drei mal drei Jahren, die mir laut Statistik bleiben, wohl noch unterbringen kann?"

Niemand hat die Lebenserwartung des russischen Mannes besser erfüllt als Alfred Schnittke, so erfuhr ich nun: Er starb in den frühen Morgenstunden seines 64. Geburtstags.

Ich erfuhr, daß Alfred Schnittke drei Jahre vor seinem Tode bereits einmal im Koma lag. Man meinte, er mit seiner porösen Gesundheit stürbe nun, doch er erwachte wieder und empfand das Leben auf Erden fortan als mühsam und langweilig, dieweil es im Koma besser gewesen sei.

Wir schwenkten die Rede weiter zu Sachar Bron, dem in Lübeck ansässigen weltbekannten Violinpädagogen, und seiner Familie.

Ich erfuhr, daß die Brons einen zirka 17-jährigen Sohn haben, von dem man hofft, er möge ein bedeutender Cellist werden.

Also wachen die Eltern angstvoll darüber, daß er gescheit und ausdauernd übt, keine Mädchen kennenlernt, und seine Studien nicht vernachlässigt.

Wenn mal ein Bogen bespannt werden soll, machen sie immer ein großes Getue drum, daß er in einer halben Stunde spätestens fertig bespannt sein muß, damit der Herr Sohn weiter üben kann und nicht auf dumme Gedanken kommt.

Dabei sind sie reich und könnten sich ohne weiteres einen zweiten Bogen leisten.

Ich erfuhr, daß Herr Bron fürchterlich ausschaue: häßlich wie ein Waldschratt!

Seine süppelige, verhärmte, wabbelige und früh gealterte Ehefrau sei fürwahr auch keine Schönheit, doch der 17-jährige Daniel sieht bezaubernd aus und die Mädchen sind verrückt nach ihm.

(Unbegreiflich!)

Über die Familie Rostowski, (eines anderen bedeutenden Violinpädagogen), sprachen wir auch:
Ich erfuhr, daß die älteste Tochter so schwierig sei, und gegen ihre eigene Mutti prozessiert.

Mutti Rostowski hält es nirgendwo aus.

Zuerst hielt sie es in Trossingen nicht aus, und dann nicht einmal in Schweden, ihrem Heimatland, wo sie sich nach ihrer Scheidung niedergelassen hatte und ihr Brot durch Cellostunden verdienen wollte.

Bevor ich mich von meiner lieben Gastfamilie verabschiedete, kaufte ich einem kleinen Kind am Wegesrand noch einen großen gefalteten Papierhut ab, weil ich mich daran erinnerte, wie aufregend dererlei für uns früher war, wenn wir einen kleinen Laden errichtet hatten und auf Kundschaft warteten.

Ich gab dem kleinen Mädchen zwei Euro, wiewohl es dem Schwaben leicht übertrieben erschienen wäre. Aber die Leutzens lachten freundlich zu dieser guten Tat.

Nun fühlte ich mich eine Weile lang als stolze Besitzerin eines gefalteten Hutes.

Als ich bei Schlutup, einem entlegenen Stadtteil von Lübeck, wie schon so oft im Stau stak, nahm ich mir vor, meinen Blick für die schönen Dinge des Lebens zu schärfen, statt mich zu härmen. Nicht nur der Blick. Auch mein Ohr wollte für das Schöne geschärft werden: z. B. für das wunderschöne Klavierkonzert von Haydn, das soeben im Radio lief.

Überraschenderweise war die Reise - z.T. auf gefährlich schmalen DDR-Sträßchen gar nicht weit: Nicht einmal eine Stunde dauerte es, und schon fand sich die in einen Friedhof eingebettete Dorfkirche Elmenhorst.

In Elmenhorst selber gefiel es mir auf den ersten Blick nur mittel.

In diesem völlig ausgestorben wirkenden Ort, herrschte eine diesige Wetterlage. Alle Farbe schien entwichen und man befand sich auf einem alten

Schwarzweißfoto mit Zackenrändern in einem nur noch selten zur Hand genommenen Album.

Mecklenburg-Vorpommern steht kurz davor aus-zusterben, da die erdschweren Vorpommern die Vermehrung gänzlich eingestellt zu haben scheinen, so daß man bereits in Panik geraten ist und Fort-pflanzungsprämien ausgelobt hat - bislang vergebens!

Viele Leute, die hier beerdigt sind heißen/hießen "Dröse".
Der Name passte und gefiel.

Ich lernte das wirklich nette Pastorenehepaar Kirsten und Philipp H. (beide um die 33) kennen.
Die Frau, nett und lieblich an die "Sophie" von Prinz Edward gemahnend - oder aber an Petra Kelly, und der junge Mann: Alternativ, weich, mit Zwicker und Pferdeschwanz.

Nach dem Konzert bekam ich eine schöne große Sonnenblume und eine Flasche Wein überreicht.

Montag, 26. August
Elmenhorst - Lübeck

Zunächst weißwölkig und diesig. Dann sonnig

Herr H. muß jeden Morgen um 6 Uhr aufstehen und das Haus verlassen, und so verabschiedeten wir uns gestern abend mit jenem gewissen Grundgefühl, daß man sich in diesem irdischen Leben eventuell nicht wiedersehen wird.

Nachtrag 2021: Und tatsächlich! so kam´s. (Bis jetzt)

Ich nahm mir jedoch vor, daß ich mich heut in 30 Jahren bei diesen Leuten melden will. Am 26.8. 2032, und programmierte es in mein Elektronotizbücherl ein.
(Bis dahin bin ich 69)
Doch ich stellte mich mir schon heut als 69-jährige mit einem weißen Sahneschwapp auf dem Haupte vor. *Bis dahin ist wohl auch endlich mal ein Stimmungsmeßgerät auf den Markt gekommen, das ein Jeder besitzen möchte:*

Man muß ein bißchen Spucke auf einen Kreis mit Spezialzellen auftragen und schon erscheint in Digitalziffern eine Zahl, wie man sich seelisch wohl fühlen mag?

Bei mir erscheint immer etwas um die "24" - doch erst ab "80" empfindet man so etwas wie Lebens-freude, und bei Werten unter "8" muß gar mit einem Suizid gerechnet werden.

Ich las in der Zeitung, daß eine Frau in Seattle Vierlinge bekommen hat: Vier Mädchen, und es handelt sich dabei um zwei je völlig identische Zwillingspaare - etwas, was bei 250 Millionen Geburten maximal einmal vorkommt.
Der Vater stöhnte über diesen üppigen "Segen", und wünschte, er hätte in dieser Nacht stattdessen

Lotto gespielt. Das Paar hat doch schon drei Söhne, und jetzt denken alle, man hätten sich, womöglich getrieben von einem hysterischen Schwangerschaftswunsch, einer Hormonbehandlung unterzogen, was aber nicht der Fall war!

Ich fuhr nach Lübeck zurück, und machte einen Abendspaziergang mit der Gertrud durch eine stille Gegend mit kleinen Schrebergärtchen.

Die Gertrud erzählte, wie es damals war, als der Anton stark verfrüht im Elsaß auf die Welt kam.

Fast drei Monate lang mußte ihr kleines Söhnchen im Brutkasten nachgebrütet werden, und als sie ihn im einbrechenden Winter zu Schneeflockenwirbel endlich nach Hause holen durften, da kannten sie ihn doch praktisch gar nicht, und er in seinem kleinen Babywännchen war ihnen fremd.

Was niemand für möglich gehalten hätte wurde wahr: Der Anton wurde ein bildschöner junger Mann mit goldglänzend rotem Haar, einer wunderbaren Ballettfigur, einem bezaubernden Lächeln, feinem Humore und vielen anderen einzigartigen Gaben. Bloß sei er ein bißchen langsam, dafür aber äußerst gründlich. (Letzteres sagte Mutti Gertrud jedoch nur, um nicht unglaubhaft rüberzukommen)

Heute sagt der Anton immer so nett "Mami" zu seiner Mutti.

Still und verheißungsvoll lag ein See in grauem Dämmer, und die Gertrud regte an, daß ich schwimmen solle, und sie derweil auf mich warten könne.

Doch wir liefen weiter.

Die Gertrud erzählte von Ottokar Horeši, der in den Ferien in seine Heimat Tschechien zu reisen pflegt, dort aufregende Frauen kennenlernt und durch seine diesbezüglich völlig vernebelten Sinne verabsäumt, nach Ferienende pünktlich zum Dienstbeginn wieder im Orchester in Lübeck zu erscheinen.

Dann reist der Brüdi nach Tschechien um dem Kumpel ins Gewissen zu reden, und ihn - notfalls mit Gewalt, - den wogenden Brüsten der Schönen zu entrupfen und nach Lübeck zurück zu schleifen, da er ja sonst, in einem kurzen Rausch gefangen, seinen sicheren Job verlöre!

Und dies passiert dem liebestrunkenen, mittlerweile zirka 55-jährigen Herrn, geschiedenem Vater zweier volljähriger Kinder und dreifachem Großvater, einem glühenden Verehrer Buzens, der selbigen beständig mit Geschenken eindeckt, Jahr für Jahr!

Zum Schluß, als es schon dunkel war, fuhren wir mit dem fast leeren Bus nach Hause, und der Busfahrer wirkte so müd.

Ich saß neben der Gertrud und erzählte, wie der arme Busfahrer durch seinen faden Beruf so mürbe gestimmt worden sei: Hinter das Lenkrad geklemmt ziehen die Jahre an ihm vorbei, und in seinem Leben bewegt sich nichts.

Früher wollte er mal ein berühmter Dirigent werden, und wenn seine Eltern aushäusig waren, stellte er das Grammophon auf höchste Lautstärke und dirigierte hemmungslos mit.

Der müde stiernackige ältere Mann am Steuer verwandelte sich unter meiner Erzählung in einen lebhaften kleinen Jungen, und man sah alles so plastisch vor sich.

Mehr noch: Man schien das Knistern des Grammophons zu hören, und meisterlich gesetzte Harmonien türmten sich zu aufregenden symphonischen Gebilden, zu denen der Knirps nun seine dirigentischen Fuchteleien ausführte.

"Einmal drehte er sich um und sah seinen Vater im Türrahmen stehen", fuhr ich in meiner Erzählung fort, "der Vater hat nie ein Wort darüber verloren, und doch war der glühende Wunsch Dirigent zu werden, nach diesem Erlebnis ganz plötzlich verpufft." Was blieb war ein Gefühl der Verlegenheit.

Bald schon waren wir wieder daheim.

Der Anton, der nie ein Mädchen mit nach Hause bringt, war heute mit einer Japanerin in einem Lokal namens "Aubergine" verabredet - doch er kehrte früher heim als gedacht, und weder Mutter noch Sohn verloren auch nur ein Wort über dieses Treffen, das zuvor doch noch so aufregend und verheißungsvoll in den Lüften geknistert hatte.

Nun aber setzten wir uns zu dritt zu einem Vorabendtee zusammen.

Ich erfuhr, daß der Anton jeden Vormittag von 8 -
13 Uhr Cello zu üben pflegt - mit zwei kleinen
Kaffeepausen, die er sich gönnt, wenn ihm danach
zumute ist. Er beginnt mit Tonleitern und
Dreiklängen in den verschiedensten Tonarten, bevor
er sich an haarige Doppelgriffketten heranwagt.
Die Bemühungen des jungen Mannes durch-
dröhnen das ganze Haus.

Als ich am Abend zu Bett ging, stand vor meiner
Türe eine riesige schwarze Spinne die so ausschaute,
als habe sie nur auf mich gewartet.

Dienstag, 27. August

Warm, sonnig & sommerlich

Ich träumte wie folgt:
*Daß die Rede auf unsere uralte Freundin Amrei kam, an
die man seit mindestens 15 Jahren nicht mehr gedacht hatte.
An Antons Geburtstag sei sie plötzlich einem Heuwagen
entstiegen.*

*Ich wiederum war mittlerweile mit dem Anton liiert, doch
nun war der Anton immer geistesabwesender geworden und
eines Abends sagte ich geradheraus: "Es gibt da eine Andere,
nicht wahr?"*

*Zu dieser Frage mußte ich innerlich schmunzeln, weil sie
mich gar zu sehr an Schwester Christa und Prof. Brinkmann
aus der "Schwarzwaldklinik" erinnerte.*

Der Anton gab´s zu, und ich frug ihn, was er wohl noch für mich empfände?

"Nicht viel!" sagte er ehrlich, "weil ich ja jetzt die Andere habe, die mein ganzes Denken & Empfinden ausfüllt!"

Im wahren Leben will der Anton bald einen Celloabend geben, und mit eisernster Disziplin hielt er auch heut seine Übzeit von 8 - 13 Uhr ein.

Die Eltern Bron wiederum, auf die immer wieder die Rede geschwenkt wird, können von so einem Sohn nur träumen.

Wenn deren Sohn zum Üben ins Dachgebälk entschwindet, kehrt er schon nach zwei Minuten zurück und sagt: "Vater, ich glaube es sitzt!"

Doch Sachar Bron mag sich mit solch dünnen Lippenbekenntnissen nicht zufrieden geben und folgt dem Herrn Sohn in die oberen Stockwerke, um sich mit eigenen Ohren davon zu überzeugen.

Unter den ernsten Blicken und den gespitzten Ohren des Vaters versagt der arme Sohn dann meist.

"Du wirst es wahrscheinlich nicht glauben, Vater - aber vorhin konnte ich es noch!"

"Nein. Das kann man in der Tat nicht glauben, mein Lieber! Gut Cello spielen bedeutet Arbeit, Arbeit, Arbeit - und nochmals Arbeit! Qualität beginnt mit Qual!" sagt der Vater ernst und verdrossen.

Der Anton beginnt sein Geübe mit langsamen Tonleitern, doch hi und da ist´s auch ganz still, so daß allgemein angenommen wird, der Gewissenhafte vertiefe sich in diesen stillen Momenten in die Partitur.

Anders bei den Brons:

Wenn man nichts hört, eilt Mutti Bron gleich hinauf - der auf dem Bette liegende Sohn wird puterrot und schleudert seine Hefterln panikiert hinter´s Bett.

Mittags rief ich die Tante Lisel in Blankenfelde an, und erfuhr, daß es ihr leider nicht so besonders ginge.

Nach ihrer Handoperation, die ja vielleicht ganz erfolgreich gewesen sein mag, hat sie nun massivste Schulterprobleme, und mit ihrer kleinen Enkelin Sabrina sei´s so anstrengend gewesen.

Ferner erfuhr ich, daß Lisels Erstling Klaus im Krankenhaus läge.

Es sei nichts angenehmes, doch was ihm genau fehle, wollte mir Mutti Lisel nicht verraten.
(Alkoholismus, wie man später erfahren mußte)

Das Mittagessen nahmen wir auf der Terrasse ein:
Es gab köstlichen Salat, Kartoffelpürée und Auberginen mit Käsescheibletten obenauf.

Ich erzählte von Sebastian Hamann, einem versnobten Geiger, der Rehlein bei seinem Besuch in Ostfriesland gar nicht beachtet hat, obwohl Rehlein ihm doch die Plakate aufgeklebt, und das Ganze organisiert hatte, und die Gertrud wiederum meinte, derartiges sei sie auch gewöhnt.

Nachmittags in der Lübecker Innenstadt:

Ich hoffte so sehr, in diesem Schmelztiegel anonymer Menschenmassen Opa & Mobbl wiederzufinden. Ich stellte mir vor, *wie ich sie in der Ferne blitzen sehe und ihnen atemlos hinterhereile — so wie einst Simones Mutti in Korea der Liebe ihres Lebens - doch ständig entkommen sie mir in den engen Gassen.*

Und dann sehe ich den Opa mit einem kleinen Aktenkoffer in einem Gebäude verschwinden…

Am Abend ging es dem Anton nicht gut.

Seit mehr als einem Jahr hat er jeden Nachmittag unschöne Bauchschmerzen:

Blinddarmreizungen, meinte ein oberflächlicher Arzt oberflächlich - doch Heilungsansätze oder -ideen konnte er leider nicht anbieten.

Ein häßliches Leiden, das ihn immer wieder heimsucht, und kein Gelehrter weiß einen Rat!

In Antons Bücherschrank stehen ausnahmslos nur Bücher über Musik und Medizin. Lauter Bücher, die ein normaler Mensch nicht lesen würde, doch der Anton liest die alle bis zum letzten Blatt.

Es heißt zwar, der Anton habe eine Freundin namens "Wiwi", doch niemand hat sie je gesehen, und auf erschreckende Weise scheint der Anton kein bißchen in sie verliebt!

Als sie zur Mittagsstund´ anrief, sagte er fast unwirsch:

"Was will die denn nun schon wieder??" und hielt sich als Telefonator kurz.

Wie bei Norman Bates gibt es in Antons Leben im Grunde nur eine Frau: Seine Mutter.

Am Abend fuhren wir zu viert zum Timmendorfer Strand - in einen Ort namens "Hermannshöhe".

Dort sahen wir einen Herrn in einem Sessel, der unter einem gelben, bratwurstförmigen Ballon hing und in großer Höhe über unsere Köpfe hinweg schwebte.

Eine ganze Weile lang standen wir herum und schauten dem Spektakel zu.

Hernach promenierten wir in hereinbrechendem Dämmer einen Spazierpfad entlang, und auf diesem Wege traf man eine alte Bekannte:

Nina Kluge, eine 75-jährige Komponistenwitwe, von quirlig lebendigem Wesen.

Passend zu ihrem spitzen Näschen spitzte sie zu manch einem Satzgefüge die Lippen solcherart in die Höh´, daß das Mündchen sich in einen kleinen Vulkan zu verwandeln schien.

Der Brüdi meint, daß Buz in all den Jahren nicht gealtert sei. Zunächst freute ich mich über diese Worte, doch später kam mir der Verdacht, dies könne eine höfliche Umschreibung dessen gewesen sein, daß er, ähnelnd Ottokar Horeši, nicht gereift sei?

Mittwoch, 28. August

Sonnig (leicht diesig)

Am Morgen setzte ich mich zu Brüdi & Gertrud an den Tisch.

Der fleißige Anton hatte bereits zuende gefrühstückt und saß wie alle Tage übend hinter seinem Violoncello. Lange und laute Blähtonleitern über viele Oktaven (Stockwerke) durchzogen das Treppenhaus.

Ich erfuhr, daß der Brüdi eine Dame kennt, die einst mit dem Yossi zusammengearbeitet hat: Sybille Henschl!

Na! Wenn die einem nicht bestens bekannt wäre!

Zwei Jahre lang hatten Rehlein und ich mit dem Yossi und beständig wechselnden Cellisten Brahms Sextette geprobt, und im Nachhinein fühlt es sich an, als habe man zwei Jahre lang im Wiener Untergrund gearbeitet. Zu den unzähligen wechselnden Cellisten gehörte die vor künstlerischem Ehrgeiz und einem gewissen Fanatismus regelrecht bebende Sybille

Der Brüdi wußte zu berichten, daß die Sybille ihren Charakterzug, hartnäckig an einmal gefassten Zielen festzuhalten, beibehalten hat.

Ständig stellte sie ihre Kollegen im Orchester zum ehrenamtlichen Renovieren in ihrer Wohnung ein, und nun hat sie noch eine Leiter vom Brüdi, die hier schmerzlichst vermisst wird - kann diese aber nicht zurückbringen, da sie z.Zt. nicht in Deutschland sei.

Die Sybille mietete eine Aushilfe für ihren Platz im Orchester und ging anderen Zielen nach.

Die Gertrud erzählte, daß die Sybille am Wochenende einmal anrief, um den Brüdi für Renovierungsarbeiten anzustellen. Der hilfsbereite Brüdi ist gleich gehupft, und blieb das ganze Wochenende fern!

Da war die Gertrud ein bißchen sauer, denn *ihr* hilft er nicht so viel.

Wir sprachen über Erdbeben und Tsunamis, und ob man vielleicht sofort tot sei, wenn man von einem Tsunami abgewatscht wird? Mir gefiel der Gedanke, sofort tot zu sein.

Der Brüdi erzählte von einem Bekannten, der sein Ableben recht geschickt organisiert habe: Er bestieg ein Hochhaus und stürzte sich in die Tiefe.

Doch das gefiel mir weniger, weil es ihn, als sich die Füße lösten, vielleicht doch gereut haben mag? *Plötzlich fiel ihm ein, daß man doch zumindest die nächste „Lindenstraßenfolge" noch hätte abwarten können, zumal es beim letzten Mal doch so spannend aufgehört hatte.*

Am Nachmittag dieses Tages war der Unglücks-rabe noch beim Brüdi zu Gast gewesen: Es war sehr nett, doch nun würde er wohl nie wieder zu Besuch kommen können? *Dies und mehr mag ihm in seinen letzten Sekunden in der Luft nun doch noch durch den Kopf gezogen sein?*

Wir sprachen über den großartigen Cellisten Schafran. Für viele unter uns ist er der größte Interpret aller Zeiten, und ich erzählte Gertrud &

Anton, wie der Schafran seinem entfernten Verwandten Ramon das Leben schwer gemacht habe:

Der junge Ramon spielte immer ganz schön und temperamentvoll auf seinem Cello, doch sein böser Onkel 2. oder 3. Grades (?) sorgte immer dafür, daß er bei jedem Wettbewerb sofort in der ersten Runde rausflog.

Ich fuhr fort in meinen Erzählungen und erzählte von dem leidenschaftlichen Schafran-Fän Bogidar X. (?) aus Bulgarien, der seinem Idol zum Abschied acht Küsse gab!

Die beiden letzten sind dem Schafran dann doch ein bißchen viel geworden. *„Hört der denn gar nicht mehr auf?!?!"* mag er bang gedacht haben.

Wir fuhren nach Hamburg.

Manchmal fand ich, daß der Anton etwas mürrisch und verärgert an Brüdis Fahrstil herummäkelte, der mir selber ganz normal schien.

Vielleicht hatte ich mein Leben aber auch ganz vertrauensvoll in Brüdis Hände gelegt - solcherart, als könne es mir sogar gefallen hier und heute zusammen mit der Familie Leutz ums Leben zu kommen.

Die Familie fasziniert mich, weil sie zu einer Einheit zusammengeschmolzen ist, und mir gefiel auch, daß wir zusammen lauter Läden besuchten, die ich von alleine nie im Leben besucht hätte.

Zuerst besuchten wir einen Türklinkenladen, und der in jeder Hinsicht versierte Anton wirkte beim Türklinkenkauf so kompetent und engagiert.

Später besuchten wir einen Fußmattenladen, und wieder wirkte der Anton so unglaublich „in der Spur".

Der Laden wurde von einer häßlichen Frau betrieben, die sich allerdings mit großem Engagement und dem nötigen Knoffhoff in diese Aufgabe gestürzt hatte.

Sie trug ein hübsches, luftiges Sommerkleid und spitze elegante Schuh, und ich frug mich, unter welchem Blickwinkel sie uns wohl wahrnimmt?

Zuerst dachte ich, sie hält Gertrud und Anton vermutlich für ein Ehepaar, doch ich hatte dabei ganz vergessen, an mich selber zu denken.

Jetzt dachte ich wiederum, *sie dächte vielleicht:*

"Diese Schwiegertochter ist ja vielleicht desinteressiert! Läßt Mann und Schwiegermutter einfach machen…"

Tatsächlich faszinierte mich die Familie so, daß ich die schönen Fußmatten nur am Rande wahrnahm.

Mir kam es vor, als würde sich der Brüdi für alles interessieren: z.B. auch für alte Leica-Kameras.

Höre ich "Leica" so muß ich immer an jenen Moment denken, als der Opa Gerhard mit seinem schönen neuen Fotoapparat den knapp einjährigen süßen kleinen Buz fotografiert hat.

Ein Foto, das mir noch heut ein Heiligtum ist!

Ich selber kaufte auch allerlei:

Beispielsweise ein Buch, von dem ich nicht weiß, ob es klug ist?

"Üben mit Köpfchen" (für Buz), und auf der Rückfahrt fiel mir etwas Lustiges ein: Wie ich das Buch den Schröders schicke und drum bitte, es mit deren Absender versehen in Grebenstein auf die Post zu bringen. Man könne so tun, als hätten die Schröders dies Büchlein extra für Buz gekauft, da sie Buzens uferlose Vierfingerübungen, mit denen Buz sie bei seinen Besuchen in Grebenstein zu quälen pflegt, so nervtötend finden.

Der Anton kränkelt leider immer noch:

Er leidet an einer rätselhaften Halbtagserkrankung, da ihn seit vielen Jahren ab dem späten Nachmittag bis in den frühen Abend hinein, stets ein leichtes bis mittleres Unwohlsein befällt.

(Bauchschmerzen, gepaart mit einer leichten bis mittelschweren Übelkeit.)

Ich erzählte von einem Wunderheiler aus Aurich.

Bislang habe er noch jeden Patienten zu dessen voller Zufriedenheit wiederhergestellt.

Wie es so meine Art ist, baute ich die Geschichte sogar noch aus, und erging mich in verästelnden Details: Daß dieser Herr in seiner Freizeit turnt, davon eine fantastische Figur bekam und es als Sünde betrachtet, der Nachwelt diese Figur vorzuenthalten, so daß es ihn im Sommer an den FKK-Strand zieht.

Abends daheim:

Der Brüdi erzählte einen Witz, den ich so lustig fand:

Ein Bratscher packt ganz langsam und bedächtig seine Bratsche ein und jemand frägt: "Machst Du alles so langsam?"

"Nein, ich werd schnell mal müde!"

Donnerstag, 29. August
Lübeck - Kiel

Warm & sommerlich.
Doch am Strand tiramisuartig verzierte
Wolkenstraßen am Himmel

Da die Warmhaltekanne ein wenig alt ist, wird der Kaffee bei Leutzens meist rasch kalt. Hinzu ist er unerhört stark, so daß ich mich beim Trinken fühle, als verzöge ich angewidert das Gesicht.
Einen Anblick den man bietet und leider nicht abschalten kann.

Im "Phonohaus" fand ich jenes kaum noch erhältliche Buch von Stefan Klein ("Glücksformel"), das sich der Brüdi gestern so glühend gewünscht und nirgends gefunden hat, obwohl wir mindestens drei Buchhandlungen besucht hatten. Auch wenn es fast 20 €uro kostete (19,99), kaufte ich es mit freudigem Eifer für meine lieben Gasteltern, die einen riesengroßen Platz in meinem Herzen bewohnen.
Mir schwebten ja noch andere Gastgeschenke vor: Espresso-Marzipan und eine Flasche Wein…doch das schöne grüne, mit einem Marienkäfer als Glücksymbol verzierte Buch, freute mich natürlich am meisten.
„Nichts wie nach Haus!" dachte ich nun, denn es war ja auch ein Wettlauf gegen die Zeit, falls der Brüdi sich das schöne Buch auf seinem Heimweg doch noch irgendwo aufstöbert?

In einem türkischen Laden kaufte ich eine Packung Brombeeren.

Daheim war der übende Anton allein zu Haus.
Eine Brombeere klatschte auf den Boden und hinterließ einen unschönen Fleck.

Der Anton spielte mir jenen Notenwirbel von Schnittke vor, den er - zumindest im Sinne des Komponisten - leider nicht hinbekam.
Da stand ♪=160, doch ab 120 streikte Antons Geschwindigkeit, so daß der um "Wahrhaftigkeit in der Musik" Bemühte, einen ganz ratlosen Gesichtsausdruck bekam.
Das Publikum soll an dieser Stelle in ein Gefühl drohend herannahenden Unheils versetzt werden.

Wenig später kehrten die Eltern zurück.
Der Brüdi freute sich so sehr über das schöne Geschenk und umarmte mich hocherfreut.
Ich wollte nach Kiel aufbrechen, doch die Gertrud meinte, ich müsse erst noch "Pletzkis" essen:
Das sind hauchzarte Pfannkuchen, die zuzubereiten ihnen der Wanderarbeiter Tadeusz aus Polen beigebracht hat.
Ich versuche stets, mir alle Bekannte und Verwandte der Familie Leutz, die namentlich zur Sprache gebracht werden, genauestens zu merken und so in mein Leben zu integrieren, als hätte ich sie schon immer gekannt.

Bei Tisch erzählte die Gertrud, daß sie immer mal wieder auf kleine Kinder aufpasst - doch die Erziehungsberechtigten geben ihr nie etwas dafür, und sind nicht einmal besonders nett.

Meine Tante Irma in Kiel, 65 Jahre alt, ist eine Frau mit einem eigenen Strandkorb – der seines Zeichens wiederum auf einem Strand an der Ostsee steht.

Und dort fuhren wir am Spätnachmittag nun hin, nachdem ich als Gast nach Kiel gereist war.

Der Strandkorb steht einfach da, und wird u.a. von der Gegenschwiegerfamilie Curdes benützt, so daß man nur ein simples Zahlenschloss angebracht hat.

Ein großer Nutzen, der von diesem kleinen Strandkorb ausgeht ist eigentlich nicht zu erkennen.

Man kann sich leicht gekrümmt hineinsetzen und hat dann ein halbes Dach über dem Kopf.

Die Irma erzählte mir, daß der ideale Urlaub für sie eine Bildungsreise wäre, und drei Urläube schweben ihr in diesem irdischen Leben noch vor: Spanien, Griechenland und Ägypten.

Die Irma freute sich über mich, wunderte sich aber auch, daß ich eine 70 km weite Reise auf mich genommen habe, nur um sie zu sehen?
„Jetzt bist du noch 65 – aber nächstes Jahr schon 66!" gab ich leicht befremdlich als Grund an.

Ein normaler Mensch weiß mit dieser Aussage vielleicht nicht viel anzufangen?

Dadurch, daß die Spuren der eben erst dagewesenen Tante Ruth noch so frisch waren, umwehte uns das Gefühl, sie sei noch da.

Die vereinsamte und vielleicht sogar ver*armte* Tante Ruth wäre so gerne noch geblieben, doch die Irma steht vor einer anstrengenden Zahnbehandlung, und mußte ihre Schwippschwägerin gestern fast hinausschmeißen, da sie einfach keinen Nerv für eine unablässig quasselnde alte Dame verspürte.

Die Irma erzählte, daß sie die Ruth auch einmal mit an die Ostsee genommen hatte, doch als es ans Baden ging, blieb die betagte Besucherin aus dem Schwabenland ganz prüde einfach in ihrer hochgeschlossenen Bluse im Strandkorb sitzen.

Und in meinem Inneren leuchtete zu diesen Worten ein Bild wie zu Zeiten Ludwig Thomas auf.

Nun saß die Irma braungebruzzelt in ihrem Badeanzug im Strandkorb, und hatte von der Ferne direkt die Ausstrahlung einer Frau Rautenberg.

Das Schwimmen im Wasser machte mir sehr viel Freude, wenngleich´s an manch einer Stelle so viel Seetang gab, daß es sich anfühlte, als wollten böse Hände nach mir greifen.

Nach einer Weile gesellte ich mich dann allerdings zur Irma in den Strandkorb.

Vor uns lag ein reifer, einsamer Herr, der sich auf einem Handtuch ausgebreitet hielt.

Plötzlich begann er einfach loszureden als sei´s ein Psychopath - doch er hielt ja nur ein Händi am Ohr.

Nachtrag 2021: Etwas was heute alltäglich, damals jedoch schier unbegreiflich war

Abends saßen wir in Behagen gehüllt in der Stube. Die Irma hatte einen Roséwein entkorkt.

Ich erfuhr, daß Ruth & Irmi einen Klavierabend vom Lang-Lang besucht haben.

Wie selbstverständlich habe sich die Schwäbin Ruth in das teure Konzert einladen lassen. Anderntags kaufte sie sich sodann eine schicke Bluse für 199 €uro! Die Irma nahm einen Schluck Roséwein und fuhr mit gelockerter Zunge in ihrem Berichte fort. Folgendes erfuhr ich:

Ruths jüngster Sohn Thilo verließ seine kuhäugige iranische Freundin Shirin, weil er die Liebe seines Lebens gefunden habe (eine Blondine.) Vor wenigen Tagen bekam die neue Freundin ein erstes Baby! Einen Jungen. Es ist der dritte Sohn den der Thilo binnen kürzestem in seinem noch jungen, so jedoch intensiven Leben gezeugt hat.

„Posthum ist der Opa somit wieder Großonkel geworden!" Freute ich mich.

Dann erzählte die Irma von den häßlichen Nebenwirkungen des Cortisons, das sie gegen das Quinke-Ödem einnehmen muß.

Sogar freßsüchtig wurde sie, die doch immer so stolz auf ihre schöne Figur ist!

Wenn ihr der Geruch einer Bratwurst in die Nüstern stieg, so konnte sie an nichts anderes mehr denken als an eben diese Bratwurst, und es dauerte ganz lang, bis sie die, der Figur zuliebe, vergessen konnte.

Freitag, 30. August
Kiel - Blankenfelde

Am Morgen in Kiel leicht elendender,
verdeckter Sonnenschein. Sonst diesig sonnig

Leis und zart deckte die rücksichtsvolle Tante Irma den Frühstückstisch.

Ich trat an Land, und die morgendliche Begrüßung fiel nett, aber auch etwas förmlich aus, da kuß- und berührungsfrei lediglich mit höflichen Worten.

Wie alle Tage aber hatte die Irma den Tisch so üppig und liebevoll gedeckt, daß sich Süßholzraspeleien einfach erübrigen. Die gute Tat spricht für sich.

Auf der goldenen Wanduhr ist es seit vielen Jahren immer elf Uhr. (Seitdem sie der verstorbene Onkel Otto nicht mehr aufgezogen hat.)

Ich erzählte der Irma, daß ich alleinstehende Damen einst so reizvoll fand, und bei mir gedacht habe: "Das wär doch was für mich??"

Ferner erzählte ich, daß ich Onkel Dölein erzählt habe, wie traurig die Irma sei, daß mit Ottos Ableben auch automatisch alle Korrespondenzen mit der Gegenfamilie eingestellt wurden.

Daraufhin habe Onkel Dölein gelobt, seine Tante Irma zu besuchen, wenn er wieder nach Deutschland kommt. Und sein Kommen sei am 10.9. geplant. Also in knapp zwölf Tagen...

Ich saß in Irmas Badewanne und fühlte mich froh.

Ich begann die Leutzens, und insbesondere den Brüdi zu glorifizieren.

"Der Brüdi ist so entzückend!" erzählte ich im Geiste meinen Lieben daheim, und suhlte mich in der Erinnerung, wie der Brüdi mich aus der großen Freude über das Buch heraus so linkisch und herzlich umarmt hat.

Manche Leute *liebt* man: ich z.B. Brüdi, Gertrud und Anton.

Dann war ich aber wieder für die Irma da.

*****

In Blankenfelde:

In diesigem Dämmer traf ich um 19:44 bei Andi & Lisel ein, und verpasste das Ehepaar leider, denn Andi und Lisel waren heut zu einer Reise nach Bad Honnef aufgebrochen, um die Enkelkinder zu besuchen.

Die verhuschte Frau Lohse öffnete mir die Tür, wir tauschten banale Höflichkeiten aus, und in der durch die halb herabgelassenen Jalousien etwas düster wirkenden Stube hoffte ich so sehr einen Brief für mich vorzufinden.

Zunächst war ich traurig daß keiner da lag.

Nur eine Reklame worauf auf neuschwachhochdeutsch zu lesen war: "Willkommen in der family!" ← wo man hinzu nicht einmal weiß, ob´s bloß durch Zufall daliegt?

Doch dann freute ich mich doppelt, weil in der Küche ja doch ein Brieflein für mich lag!

Die kleine Sabrina hatte ganz viele rote Herzen für mich draufgemalt.

Ich bekam Tränen der Rührung in die Augen und bewegt dachte ich darüber nach, wieviel Licht, Freude und Sonnenschein der süße kleine Schatz in das Leben von Andi & Lisel bringt?

Samstag, 31. August

Diesig. Heiß

Ich dachte über Andis Nachbarin Frau Lohse nach, von der ich instinktiv annehme, daß sich hinter der Fassade der verhuschten Biederfrau ein extrem schlechter Charakter verbirgt?

Eine bitterböse Frau, die auch vor Mord nicht zurückschrecken würde?

Ich weiß nicht warum - aber ich finde diese verhuschte Frau einfach ekelhaft, während ihr Lebensgefährte Joseph (seinerseits wiederum eine

Variation vom Anderle) im Grunde lieb und harmlos scheint, so daß man sich über ihn freuen darf.

Beim Gang zum Supermarkt malte ich mir aus, wie Frau Lohse Tag für Tag unbefriedigt in diesem Nest hier herumsitzt, und Bosheiten im Gehirn wälzt?

Als es gerad anfing, lästig zu werden, mit der schweren Börse durch die Sonne zu laufen, entdeckte ich einen EDEKA-Supermarkt, den ich nicht schlecht fand.

"Haiders Brötchen" stand an einem Bäckerei-Separée allerdings politisch etwas despektierlich zu lesen.

Ich schaute in meine Börse und dachte positiv: "Wenn ich jetzt ein Euro-Stück finde, dann freue ich mich wie ein Schneekönig!"

Dies dachte ich aus jenem Grunde, weil ich mich schon so lange nicht mehr wie ein Schneekönig gefreut habe.

Zuerst las ich in den Illustrierten die unglaublichsten Dinge: z.B., daß die Maxima eine Fehlgeburt erlitten habe, und daß Prinzessin Madeleine nach einer heißen Nacht mit Prinz William schwanger geworden sei!

Die Eltern seien zunächst nicht begeistert gewesen, schrieb das Blatt einfach über das schwedische Königspaar, so als handele es sich um Lieschen Müller und Otto-Normal-Verbraucher. Und dabei haben die doch Geld ohne Ende, so daß es wirklich vollkommen egal ist, wie viele Nachkommen ihre Kinder zeugen.

Wieder daheim in diesem leicht unordentlichen Haus mit den halb herabgelassenen Jalousien, die in laszivem Ekel über müden Augen in einem verlebten Gesicht zu hängen schienen, wehte mich offenbar genau jene Deprimanz an, von der meine Tante Lisel unlängst wie aus dem Nichts befallen wurde.

Obwohl es wirklich nur ein kleines bißchen unordentlich war, störte mich dieses kleine bißchen Unordnung leicht.

Am liebsten hätte ich einen Großputz im Stile Mings getätigt.

In der Zeitung las ich über eine Frau in Wittstock, der das Auto geraubt wurde.

Ein Mann trat an einer der wenigen Ampeln in diesen dünnbesiedelten Orten direkt auf die Straße, so daß sich die Frau zu einer Vollbremsung genötigt sah.

Dann befuchtelte er sie mit seiner Pistole und zwang sie zum Aussteigen.

Bei dieser Geschichte sank mein Dopaminspiegel noch ein bißchen mehr, und ich fühlte mich, als würde ich plötzlich in Altersschwäche versinken - gepaart mit dumpfer Angst.

Dann raffte ich mich auf und zwang mich nach dem Schulsystem zu üben:

Viermal 45 Minuten lang. Gepuffert mit 5-Minuten Pausen.

Um etwas Abwechslung zu schaffen, hielt ich jede Übschicht in einem anderen Zimmer ab.

Zuerst übte ich im Schlafzimmer von Andi & Lisel mit Aussicht auf den Garten.

An der Wand hingen Fotografien der ganzen Enkelchen, und außerdem sah man den Onkel Andi inmitten seiner Ruderkameraden.

Im Gästezimmer wo ich hernach übte, schaute mich eine wache, ältere Dame aus einem Silberrahmen an. Lisels Mutti, so nehme ich an und somit Andis Schwiegermutter. Eine Frau von der man gar nichts weiß, und so stellte ich Vermutungen über sie an. In meinem Kopfe wurde sie wieder lebendig, lief und schnatterte herum.

Nach einer Weile rief mich die Lisel an.

"Mir geht´s gut," sagte ich, doch ebensogut hätte ich auf die Allerweltsfrage nach meinem Wohlergehen auch in Tränen ausbrechen und sagen können: "Mein Dopaminspiegel ist plötzlich so sehr in die Tiefe gesunken, nachdem ich die Geschichte von der Frau aus Wittstock mit ihrem geraubten Auto gelesen habe. Huuuuhuuuuuh!"

Somit log ich der Lisel mitten ins Ohr, ohne es währenddessen überhaupt zu realisieren. Das fällt mir erst hier beim Dichten ein.

"Und Euch?" frug ich rasch.

"Guuut? Warum auch nicht?" reagierte die Lisel fast ein bißchen ungewöhnlich und zudem fast schroff.

Nachdem ich zuende geübt hatte, sattelte ich mich zu einem Picknick zurecht:

Ich brühte Hagebuttentee für meine Thermoskanne auf und beschmierte ein Kürbiskernbrötchen mit Schinken und Sahnemeerettich.

Dann lief ich wieder Richtung Edeka, da der bucklig und alt wirkende kleine Supermarkt offensichtlich das Stadtzentrum von Blankenfelde bildet?

Tatsächlich fand ich einen Stadtplan den ich studieren konnte, weil ich doch auf den Friedhof strebte.

Hierfür mußte man die Heinrich-Heine-Straße entlanglaufen, und die modrig getönten grauen alten Häuser erinnerten mich an die Jugendzeit von Opa & Mobbl.

Ich stellte mir vor, *wie ich in zirka 50 Jahren als alte Frau mit ödematisierten Beinen hier herumlaufe und zu den kleinen Jungen, die mir entgegenkommen sage: "Wollt ihr Burschen euch etwas verdienen?"*

Die sollen mitkommen, und mir aus meinem Tagebuch vorlesen - weil meine Augen bis dahin nämlich nicht mehr taugen?

Dann sitze ich auf dem Sofa und versinke in Erinnerungen. Z.B. dem heutigen Tag.

Endlich erreichte ich den schönen Waldfriedhof, doch ich lernte heut nur den Friedhofsanfang kennen, weil ich gleich auf der Bank neben der Backsteinkapelle Platz nahm und unverzüglich lospicknickte.

September 2002

Sonntag, 1. September
Blankenfelde - Grabow

Sonnig. Am Nachmittag hinreißend schön

Am Morgen rief mich das süßeste Rehlein an.

Ich erfuhr, daß Rehlein das taiwanesische Hilfsrädchenalphabeth für Kinder an nur einem Nachmittag gelernt hat und jetzt mit dem größten Vergnügen chinesische Schulbücher liest.

Dann frug mich Rehlein nach meinen Konzerten aus, und ähnelnd einem Mitglied vom Zirkus Renz, gibt´s auch von mir nach all den Jahren in dieser Hinsicht nichts Großartiges zu berichten.

"…oder sagen die: "Es ist schön, wenn Sie Ihre Gitarre an den Hals nehmen?" variierte Rehlein augenzwinkrig Worte von der Tante Irma.

Nach einem Besuch in Aurich hatte die Irma über Buz gesagt: „Von Musik verstehe ich ja nicht viel…wenn er dann aber seine Gitarre an den Hals nimmt, so ist das schon faszinierend…“

Als mir klar wurde, daß das Dorf Grabow unendlich weit entfernt, nämlich schon Richtung Rostock/Schwerin liegt, wurde ich von einem Schrecken durchbebt, und konnte es nicht fassen daß ich, ohne jemals die Landkarte zur Hand genommen zu haben auf Buzesart einfach drauflosgeglaubt hatte, es befände sich in der Nähe von Potsdam?!

Ich rief in Bad Honnef an, um die Schlüsselfrage zu klären, denn in meinem Haupt bildeten sich tausend gedanklich zu bebrütende geistige Klein-oasen.

Wie ich schon richtig erahnt hatte, saß die Familie in Bad Honnef beim Sonntagsfrühstück beisammen, und Lisels Sohn Wolfgang, der bei uns Königs ein bißl als Grobian gespeichert ist, meldete sich freundlich und versöhnlich-gefärbt mit "Middecke??!"

Der begeisterte Hobby-Opa Andi lachte so erfreut darüber, daß mir der kleine Florian durch den Hörer etwas ins Ohr hineinbabbeln wollte.

Durch den Hörer zeigte sich auch heute eine rührende Neigung von unserem Onkel Andi:

Herzlich und ausufernd über Dinge zu lachen, die strenggenommen nur ein ganz kleines bißchen witzig sind.

Gegen 13:48 fand ich das Dorf Grabow, welches so ziemlich das entlegenste und einsamste Dorf ist, das man sich überhaupt nur vorstellen kann.

Ein Dorf, das schon beinah versunken und überwachsen ist, da es nämlich überhaupt keine Einwohner zu haben scheint?

Die Kirche - das einzige Gebäude weit & breit - ist winzig klein und wirkt schon ganz eingerutscht.

Doch das Konzert am Abend war ja zur Erhaltung der alten Dorfkirche gedacht.

Im Inneren arbeiteten fleißige Landfrauen an einem appetitlichen Büffée für den Abend. Reife

Damen, die aus Erdlöchern hervorgekrochen schienen, denn weit und breit findet man keinen Anhaltspunkt, wo die wohl wohnen könnten? Es gab weder eine Bushaltestelle noch einen Parkplatz.

Ich lief herum und versuchte einen Friedhof zu finden, wo man sich hätte hinsetzen können, um die Ewigkeit vorzuproben, doch ich fand ihn nicht, zumal in diesem unbesiedelten Ort womöglich seit Jahrzehnten niemand mehr gestorben, geschweige denn geboren ist?
An einer Stelle am Wegesrand watete ich durch Brennesseln, um ein paar Äpfel zu ernten. Ich fühlte mich dabei an wie jemand, der ganz Deutschland durchwandert und dabei in die entlegensten und geheimnisvollsten Winkel kommt.

*****

Vor der Kirche tümmelten sich bereits die ersten Konzertbesucher.

Dann begann´s:

Ich wurde mit scheuem und doch nettem Applaus empfangen, den ich mit einem scheuen so doch netten Lächeln quittierte und dann mußte ich mich auf einen der beiden Stühle in die Ecke setzen, weil der Geistliche erstmal eine kleine Salve an Frömmigkeiten auf die Hörerschar loslassen mußte.

Etwas ungebildet sagte er über mich: "Sie spielt uns das Soloviolinkonzert von Bach!"

Zum Schluß musste ich noch das Lied "Lobet den HERRN!" aus dem Gesangbuch abspielen, und dazu wurde sehr scheu und farblos gesungen.

Nach dem Konzert freundete ich mich überraschend mit einem netten Ehepaar aus Potsdam mit Sohn an.

Der zirka 39-jährige Sohn sagte mit großer Wärme: "Lange nicht so etwas Schönes gehört!" und lachte so bezaubernd, wie es nur ein ganz lieber Mensch kann.

Sein etwa 65-jähriger Vater mit einer weißgrauen Igelfrisur fraß sogar regelrecht einen Narren an mir, weil ich so nett bin.

Das Ehepaar kaufte mir zwei CDs ab.

Abends bei Andi & Lisel:
Ich erfuhr, daß es Lisels Sohn Klaus so schlecht geht.

Er hat stark abgenommen, fühlt sich elend, liegt im Krankenhaus und die Ärzte vermuten eine Entzündung im Körper.

Montag, 2. September

Sagenhaft schön sonnig

In der Nacht dachte ich an Lisels Sohn Klaus, meinen Stiefvetter, der sich in seiner Pelle als "Klaus" elend und unwohl fühlt, und im Spital liegt.

Am Vormittag wollte die Lisel wegen ihrem porösen Schulterblatt die Dorfärztin aufsuchen, und so sehr man Lisels Gesellschaft genießt, so sehr hoffte ich nun, sie möge etwas länger wegbleiben, damit sie aushäusig ist, wenn die „Lindenstraße" läuft?

Doch kurz vor´m Lindenstraßenbeginn sah ich sie - so, wie es der Antje immer mit dem Kläuschen zu gehen pflegt – auf ihrem Radl ins Grundstück zurückbiegen.

Wenig später rief Lisels Schwiegertochter Ute an.

Die Lisel als Telefonierende klang so warm, und als die Rede drauf kam, daß der kranke Klaus im Spital mit großer Freude ein kleines Stück Schokolade verspeist habe, mußte Mutti Lisel vor Rührung kurz weinen.

Ich dachte an ein Gespräch mit der Tante Bea zurück, die mal über ein Telefongespräch mit der Lisel erzählt hat, es sei "liselig" gewesen, und frug mich, was man sich wohl unter „liselig" vorstellen dürfe? Das Wort gefiel.

Ich frug es mich zudem mit Wärme.

Gestern hatte ich mir ja direkt gewünscht, ich dürfe die Lisel mit an die Ostsee nehmen, und sah´s im Geiste sogar direkt schon vor mir: *Sie in ihrem geblümten Badeanzug am Strand, endlich mal ein bißchen Abstand vom heimischen Geschehen nehmen könnend, aufblühend* und dann sah ich auch noch, *wie wir zwei alten Tanten gemütlich im Eiscafé sitzen?*

Aber bei der Lisel ist's ja im Grunde auch nicht anders als bei anderen Erwachsenen auch:

Man findet tausende von Argumenten, die eigentlich im Rahmen jenes unbedeutenden kleinen Tanzes den wir auf Erden aufführen, gar keine sind und doch alle so etwas Drückendes haben: z.B., daß man den Onkel Andi doch nicht einfach alleine lassen dürfe?

Mittags löffelten wir einen Bio-Müsli-Joghurt und dann hängten wir die Wäsche an der Wäschespinne auf.

Die Lisel schleppte einen kleinen gelben Liegestuhl herbei, und stellte das kleine Picknick-Set im Garten auf, so daß man unter dem großen Nußbaum in einer warmen Windbrise Platz nehmen konnte.

Sodann entfaltete die Lisel die „Märkische Allgemeine", und ich griff mir das Buch "Anna & Jean", geschrieben von Lisels Sportkameradin "Ina Hier".

Über den Rand des Büchleins hinweg schaute ich auf die lesende Lisel drauf, und die Lisel war mir mit einem Male so fern.

Einmal frug ich mehr um des Fragen Willens:

"Was ist eigentlich aus deinem ersten Mann „Middecke" geworden?"

"Das weiß ich nicht und es interessiert mich auch nicht!" brummte die Lisel scharf und las weiter, so daß ich wünschte ich hätte diese unreife Frage nicht gestellt.

Dann fuhr die Lisel am Nachmittag zur Massage, und ich dichtete im Garten, und freute mich so, als mal ein grüner Apfel aus dem Nachbarsgarten direkt in unser Grundstück fiel.

Als die Lisel nach zirka 35 Minuten wieder da war, hatte ich mich innerlich schon besser auf sie eingestimmt und versuchte, etwas zwischen-menschlichen Schwung zu verbreiten.

"Stell Dir nur vor, welch Glück ich gehabt hab!" berichtete ich in zusammengebündeltem Frohsinn.

"Ich hab mir vorhin so sehr einen frischen Apfel vom Baum gewünscht, und dann fiel mir einer direkt vor die Füße!"

Wir fuhren zum Rangsdorfer See, wo es wirklich atemberaubend schön ist!

Hi und da schlossen wir neue Bekanntschaften, und einmal drohte die Ada, Lisels großer grauer Hund, durch eine geöffnete Türe ein fremdes Haus zu stürmen. Doch die wenigen Brandenbürger die es noch gibt, sind alle sehr freundlich und unkompliziert und würden wohl herzlich über dererlei lachen.

Ein bißchen peinlich ist´s aber natürlich schon, Besitzer eines so ungestümen Hundes zu sein, denn manchmal verfing sich die Ada in fremden Hundeleinen und belästigte vereinzelte Spaziergänger mit Hund.

Die Lisel rief oftmals: "Nein!" Doch die lebens-frohe Ada hörte nicht auf sie.

Dann fuhren wir heim, doch daheim fand die Lisel ihren Schlüssel nicht. Der ganze Schlüsselbund, den sie in ihre Jeans-Jacke gesteckt hatte war ihr abhanden gekommen, und so waren wir gezwungen, im Garten auf "das Herrchen", den Andi zu warten.

Die Ada winselte leise vor sich hin, weil ihr Leben ganz aus dem Tritt geraten war, und nebenan lärmten und quietschten Kinder so laut, daß es der wartenden Lisel auf den Geist ging.

Später am Rangsdorfersee:

Wir lernten einen hilfsbereiten, reifen Herrn kennen, der uns - im Schlepptau einer Dame, zu der er weltgewandt auf Englisch sprach - beim Suchen und engagierten Mitdenken behilflich war.

Ich selber heftete meine Blicke auf den Boden und wünschte mir so glühend den Schlüssel zu finden, denn im Auto hatte ich noch verkündet:

"Ich bin mir sicher, daß diese Schlüsselgeschichte ein gutes Ende finden wird!"

Nun aber dachte ich gebogenen Hauptes stellvertretend für die oftmals von mürrischen Anwandlungen gestreifte Lisel:

"Was sollen diese haltlosen Orakeleien über ungelegte Eier?"

Wir liefen den ganzen schönen Spaziergang von vorhin noch einmal ab - allerdings suchend mit abgeknicktem Haupt, und dabei fanden wir einen anderen Schlüssel - nämlich jenen, den *ich* immer benützt habe, den wir aber gar nicht vermisst hatten, und wenig später eilte uns ein junger Herr hinterdrein und brachte uns den gesuchten Schlüsselbund obendrein!

Die warme Lisel fiel dem Herrn spontan um den Hals!

Der Herr war sehr nett und augenblicklich war man befreundet.

Mit seinem Namen rückte er allerdings nur sehr zögerlich heraus, da er als netter Mann doch keinen Finderlohn für eine Selbstverständlichkeit haben wollte.

Die Lisel war ihm so dankbar und so gut, und versuchte ihn zumindest zu einem gemeinsamen Bierchen zu gewinnen.

"Versprochen?!?" rief sie schelmisch und bekam davon eine ganz bezaubernde Ausstrahlung, so daß der Herr dann doch noch mit seinem Namen herausrückte:

"Gerhard May, Tannenweg 19".

Dienstag, 3. September

Teilweise wunderschön.
In Berlin allerdings manchmal graue Wolken

Der Andi zeigte mir sein wunderschönes helles und freundliches Büro, in welchem er ganz alleine - eingebettet in eine sehr persönliche, geradezu an den Opa erinnernde Unordnung - zu arbeiten pflegt. Mit seinem Bürotelefon rief er gleich das verblüffte Rehlein in Ofenbach an.

Wenn man in den Fluren ganz genau hinschaut, dann merkt man, daß Andis Arbeitsstätte trotz Noblesse eigentlich einem Gefängnis nachempfunden ist. Drum heißt der Trakt auch „Alcatraz".

Am Bahnhof Zoo verbrachte ich ganz viel Zeit mit dem Studium der Berliner Straßenkarte, die dort an die Wand geheftet ist, und fühlte mich dabei wie einst die Gerswind beim Partiturstudium.

Wie hypnotisiert heftete ich die Augen auf das Blatt und wurde doch nicht schlau dabei.

Ich lief auf die Gedächtniskirche mit ihrer kaputten Haube zu. Ab und zu säumten am Wegesrand sitzende Bedürftige meinen Weg und hofften auf eine milde Gabe, so daß man schon ein Herz aus Stein hätte haben müssen, um nicht wenigstens einen Silberling herauszurücken.

Ich sollte jetzt so allmählich damit anfangen Gutes zu tun: z.B. meine Gagen unter den Bedürftigen zu verteilen, die das Geld nötiger haben als ich. Ich könnte z.B. das Kuvert mit den 290 €uro aus Lübeck einem armen Mann schenken und sagen: "Da haben Sie endlich mal wieder etwas, Sie armer Mann! Das wird Ihnen gut tun!"

In mir wurde ein Wohltätigkeitsschwung mobilisiert, und nun wollte ich meiner Tante Lisel ein Elektronotizbuch schenken, damit sie etwas fröher gestimmt würde, und der Preis war mir dabei vollkommen egal.

"Für meine Tante Lisel ist mir nichts zu teuer!" dachte ich warm.

Am Nachmittag klingelte ich in der Horten-
sienstraße Nummer 22, wo der Onkel Eberhard mit
Frau und Tochter sehr im Glücke lebt, wie zu hoffen
ist.

Der Onkel selber war noch gar nicht zuhause, und
seine Tochter Kathi verzog sich gleich nach der
Begrüßung wieder auf ihr Zimmer, um so wie einst
Gretchen Vollbeck in den Laububengeschichten von
Ludwig Thoma die Scheologie zu studieren, so daß
ich mit der Tante Gabi in der Küche allein war.

Die Gabi erzählte vom Onkel Hartmut, der zu
ihnen gezogen sei, um sein Leben mit ihnen zu
verbringen. Manchmal sage er, er käme spät, und
man möge nicht auf ihn warten, und dann kommt er
gar nicht.

"Den kann man echt in der Pfeife rauchen!" sagte
die muntere und junggebliebene Gabi in juvenilem
Schwunge leicht über das Ziel hinausschießend.

Ich stellte mir vor, *daß es der Gabi mit dem Hartmut so
geht, wie Buz mit seiner Schülerin Martina. Buz hält die
Martina für eine dumme Ziege, doch wenn sie anruft, so
bekommt er Herzklopfen und kann gar nichts dagegen
machen.*

Neugierig frug ich die Gabi nach ihrem ehelichen
Glück aus, und die Gabi erzählte in klatschfreudigem
Schwung, daß das eheliche Glück von Mo - Fr
zwischen 23:33 und 23:37 stattfände, und ich
wiederum scherzte, daß es sich auf diese Weise nicht
abnütze, so daß man auch noch nach 50 Jahren
sagen darf, das Glück sei noch kaum abgewetzt und
praktisch wie neu.

Zu diesen Worten trat allerdings beissender Qualm aus der Röstmaschine hervor, auf den die Gabi doch ein Zwetschgendatschi gelegt hatte.

Huch! Es gab ein kurzes Geschrei.

Die Teestunde nahmen wir Damen auf dem Balkon ein, der sich in den Garten und somit in den zärtlichen Sommerwind hineinschmiegt, und mit einer 31-minütigen Verspätung kam um 17:31 der Onkel Eberhard, der wie stets gelobt hatte pünktlich zu sein, wieder nach Hause, und gesellte sich alsbald zu uns Damen an den Tisch.

Ich erzählte von Buzens Führerschein, der lose wie ein paradontitischer Zahn in Buzens Handschuhfach liegt, und freute mich, daß der Onkel zu diesen Worten schmunzelte.

Ich erzählte vom heutigen Tag, meinem jäh aufgewallten Bedürfnis Gutes zu tun, und stellte uns vor, wie es wohl so sei, wenn man einem Bettler ein Lotterielos schenkt, weiterläuft, und ihn wenig später von der Ferne mit einem Freudensschrei aufspringen sieht?

*****

Wegen dem E-Notizbüchlein für die Lisel wollte ich den "Saturn" aufsuchen.

Die Zeit rieselte stark. Jetzt war´s schon etwa 19:20 und die Lisel hatte mich extra gebeten, nicht nach 20 Uhr zu kommen, da sie uns etwas Köstliches kochen wollte.

Mit kafkaesken Gefühlen rannte ich herum und fühlte gerade im „Saturn" eine leichte Zeitzwickpanik, so daß ich schnell wieder ins Freie stürmte, um Andi und Lisel wenigstens eine Flasche Wein zu kaufen.

Der Onkel Andi holte mich von der S-Bahn ab.

"Hallo Andi!" rief ich erfreut, und eine Horde übermütiger junger Leute sagte einfach auch: "Hallo Andi!" und der entzückende Andi freute sich so süß über diesen juvenilen Übermut, den sich ein Einzelner allein wohl kaum erlaubt hätte?

Vor dem Bettgang war die Lisel noch so warm, und meinte zerknirscht, sie sei leider so eklig geworden. Doch bald sei sie wieder ganz die Alte.

Mittwoch, 4. September
Blankenfelde - Boltenhagen

In Blankenfelde wunderschön.
Hernach blau-diesiges Sonnenwetter,
das mich weniger froh stimmte

Ihren schönen Worten vor dem gestrigen Bettgang zum Trotze stak die Lisel am Morgen leider wieder in einer undefinierbar sauertöpfischen Stimmung, die dem Gast zu gebieten schien, in ihrem Windschatten leise aufzutreten. .

Als wir Damen uns zum Frühstück niedersetzten, versuchte ich, die Stimmung mit guten Worten aufzuwärmen.

Für eine 39-jährige seltsam, sagte ich in feierlichem, tageseröffnenden Klange Dinge wie: "Ich freue mich, in Deiner Aura Platz nehmen zu dürfen!"

Doch diese schönen Worte greifen bei der bodenständigen Lisel kaum.

Ich redete wieder ganz viel, und nach einer Weile sagte ich: "Ich rede wieder so viel!"

Dies sagte ich in der Hoffnung, daß die Lisel vielleicht etwas Nettes, Beschwichtigendes dazu sagt, doch sie sagte gar nichts.

Ich frug die Lisel, ob sie die kleine Sabrina wohl vermisse, doch die herbgestimmte Omi Lisel meinte lediglich: "Geht so…"

Man merkte, daß sich die Lisel einerseits unbefriedigt und einsam fühlt, andererseits durch ein kleines Kind doch sehr aus ihrem Lebensrhythmus herausgehebelt wird.

Ich erfuhr, daß die Sabrina immer ihre Kinderstunde im Fernsehen anzuschauen pflegte, und dies nervte Omi Lisel.

Diese ganzen quäkigen Stimmen! Und zu Zeichentrickfilmen, die ja auch der Onkel Andi mit so viel freudiger Begeisterung anzuschauen pflegt, wie einst der Opa, hat die Lisel leider keinen Zugang.

Ich erzählte vom Opa, für den der Schlaf immer heilig war, so daß er niemals jemanden aufweckte und man tagtäglich bangen mußte, ob man wohl zeitig in die Schule käme, da Uhren damals noch nicht so groß in Mode waren.

Ich fand diese Geschichte sehr interessant und erzählte sie gern, doch ob sie der Lisel gefiel, weiß ich nicht.

Ich erzählte der Lisel noch Folgendes:
Wenn ich zehn glückliche Ehepaare kennengelernt habe, dann werde ich heiraten. Bislang kenne ich so ungefähr sechs.
Aber ich kenne etwa 48 unglückliche Ehepaare.

Dadurch, daß die Lisel manchmal zum Andi "mein liebes Schätzchen" sagt, rechnete ich die nett zu den glücklichen sechs, obwohl ich nicht sagen kann wie glücklich sie wohl wirklich sind?

Die Ada mag mich sehr gern, und legte sich unter dem Tisch auf meinem Fuß drauf.

Mein Besuch neigte sich dem Ende zu, und kurz vor dem Abschied wurde die Ada mit einemmale so traurig, und schaute mich kummervoll an wie ein gottesfürchtiger alter Jude. In mir stieg die unschöne Ahnung auf, daß das Tier mit seinem sechsten Sinn womöglich spürt, daß wir uns in diesem irdischen Leben nicht wiedersehen werden?

Die Lisel ließ noch anklingen, daß es immer so entsetzlich sei, den Gästen Päckchen mit Vergessungsutensilien hinterher schicken zu müssen, und so hoffte ich, nichts vergessen zu haben, als ich ins Auto stieg.

Nach einer herzlichen Umarmung und einem liebevollen Betätscheln des warmen Hundehauptes fuhr ich von dannen. Ich fühlte mich wehmütig und traurig.

Ich fuhr die Autobahn Richtung Magdeburg entlang, doch ich muß leider sagen, daß mich die Autofahrt heute anstrengte und langweilte.

Nicht einmal für Beethovens 4. Klavierkonzert, hervorragend interpretiert von Friedrich Gulda, empfand ich heut besonders viel.

"Da bemüht er sich noch um schönen Ausdruck, und heute modert er bereits unter der Erde", dachte ich niedergeschlagen über den verstorbenen Pianisten.

Einmal spielte Salvatore Accardo eine Komposition von Niccolò Paganini, in der die österreichische Nationalhymne verarbeitet ist, da sich Paganini damit vor dem Wiener Publikum verbeugen wollte.

Zwischendrin kamen so viele Flageolett-Kaskaden.

"Der fleißige Mann!" dachte ich gerührt über den Interpreten, der die alle so mühevoll einstudiert hat.

Am Abend fand mein Konzert im Ostseebad Boltenhagen statt.

Donnerstag, 5. September
Boltenhagen - Lübeck

Am Morgen matter, verhangener Sonnenschein.
Erst am Abend wurde es schön

Ich schlief sehr gut im Keller der glücklichen
Familie Hübener auf dem von Herrn Hübener so
luftig frisch bezogenem Bett, direkt an die Heizung
geschmiegt.

Vor dem Bettgang war noch die Frage, bzw.
Hoffnung aufgeworfen worden, daß ich doch
hoffentlich keine passionierte Frühaufsteherin bin,
da man ja nie weiß, wen man sich da ins Haus geholt
hat, und die Hübeners, eine rundum glückliche
Familie, den Alltag gern gemütlich angehen.

Nachdem der Tag sich bereits gestreckt und
ausgebreitet hatte, hat man im oberen Stockwerk
dann aber doch ein Tagesgerumpel vernommen.

Ich stieg die Treppen hinan. Im Wohnzimmer
bewegte sich eine Person im Frühsport auf- und ab
(Liegestütze)

"Wer sind denn Sie?!" frug der dynamische und
sportliche Pfarrer Hübener mit einem spitz-
bübischen Lächeln.

Dann tauchte auch die "Brigitte" auf, die
gemütliche fränkische Ehefrau des Geistlichen.

Sie stak in ihrem gelben Sommernachtsfummel,
der ihre üppige Form mit den Melonenbrüsten luftig
verdeckte.

Die "Nelia", die Tochter aus erster Ehe der Frau war zum Brötchenholen entsandt worden, und nicht wiedergekehrt. Dann kam sie aber doch.

An der Frühstückstafen breitete sich Behagen aus.

Ich durfte das Nutellaglas leerkratzen und machte eine launige Parodie drum, wie die Gastgeber jetzt ausrufen: "Ihnen scheint´s geschmeckt zu haben. Das Glas war ganz voll!" Und alle lachten über diese kleine Lustigkeit.

Dann wurden Themen, die gestern spät nur angeritzt wurden, vertieft:

Daß nämlich sowohl Sir Yehudi Menuhin, als auch Anne-Sophie Mutter je in jenem alten Pfarrhaus in Rambow am Müritzsee zu Gast waren, in das die Pfarrersleut´ demnächst einzuziehen gedenken.

Die Diskussion mit dem alten Sir Yehudi über Religion und Musik sei so bereichernd gewesen, doch von Anne-Sophie M. hatten sie zunächst den Eindruck, daß dies womöglich eine "ganz Kapriziöse" sei?

Ihnen als ehrenamtlichen Gastgebern wurde nämlich eine Liste zugespielt auf welcher ganz genau zu lesen stand, was die Wundergeigerin zu essen pflegt (nämlich am liebsten Schinkenbrötchen), und was für ein Zimmer sie vorzufinden wünsche.

Mit einem großen Spiegel und einem kuscheligen Sofa.

Dann wurde sie im Mercedes vorgefahren, und war allerdings sehr freundlich.

Ihre ersten Worte nach der Begrüßung seien gewesen: "Wo is´n hier das Kloo?" erzählte Ecki Hübener mit seinem kleinen, kaum wahrnehmbaren Kinnbärtchen stolz, da dies doch nun wirklich sehr persönliche Worte sind, die da von einer Dame von Welt an ihn gerichtet wurden?!

Dann freute sie sich auf den knackig-frischen Salat aus dem Garten, den Mutti Hübener soeben vorbereitete, und legte sich kurz auf das kuschelige Sofa das sie sich gewünscht hatte.

Ihren Hauspianisten Lambert Orkis hatte sie auch mitgebracht, und der sei ein bezaubernder Mensch mit einem feinen, englischen Humor, in dessen Windschatten die Anne-Sophie fast ein wenig verblasst sei. Den ganzen Abend lang habe der die Gastgeber so köstlich unterhalten!

Hi und da las ich in der großen Broschüre über das Mecklenburg-Vorpommern-Festival.

"Hören Sie die Stars von morgen schon heute!" stand da beispielsweise, so als solle man dazu animiert werden, unreife Brombeeren zu ernten.

Die Nelia, eine 17-jährige, im Grunde wenig sympathische Variante von Buzens Schülerin Amrei (spitz, kühl und trocken) reist heute noch nach Ansbach ins Frankenland, um dort die Schule zu besuchen.

Lübeck am späten Nachmittag:
Im Buchshop las ich ganz lange in dem Buch "Vatermord", über eine Wanderung, die im Sep-

tember 1928 stattfand, als die Omi Mobbl noch ein ganz junges Ding von eben mal 18 Lenzen war, und über den Buchseiten schwebte der Geist der jungen Omi Mobbl.

Der jüdische Zahnarzt Dr. Morduch Halsmann wanderte mit seinem sauertöpfischen 22-jährigen Sohn "Philipp" durch die österreichischen Berge.

Die Geschichte erinnerte mich so an die heutige Zeit und sprach mich sehr an.

In der "Brigitte" las ich eine Langzeitstudie über eine Familie aus München, die schon im Jahre 1976 als Vertreter erbärmlichsten deutschen Mittelmaßes in der Brigitte portraitiert worden war.

Jetzt interessierte sich die Brigitte plötzlich, was aus dieser Familie in all den Jahren wohl geworden sein mag?

Wir Leser erfuhren das Unglaubliche:

Daß sich das Ehepaar nämlich auf seinem langen, gemeinsamen Lebensweg scheiden ließ und einige Jahre später dann doch wieder zueinander fand. (Ähnelnd den Eltern von Buzens Exe Hilde.)

Damals wie heute antwortete die Frau auf die Frage, ob sie glücklich oder unglücklich sei, sie sei teils glücklich und teils unglücklich.

Bei Leutzens:

Der Anton telefonierte ganz viel herum, wen man wohl zum abendlichen Quartettspiel gewinnen könne, doch niemand hatte Zeit.

Ich erfuhr, daß der Brüdi eine Magenspiegelung machen mußte, weil er Magenschmerzen hatte und dabei stellte sich heraus, daß er ein Magengeschwür habe.

Nach einer Weile hieß es, Mutter & Sohn wollten gemeinsam eine Papeterie besuchen, und die Gertrud, die doch so viele Gemeinsamkeiten mit mir hat, wollte wissen, ob ich wohl auch so gerne in Papeterien ginge wie sie beide? Oh ja!

"Ich liebe Papeterien!" rief ich freudig und schwärmerisch aus, und genau dieses eher entlegene Hobby pflegen Mutter & Sohn ja auch, und so fuhren wir in großer Vorfreude auf Fahrrädern in die Innenstadt.

Ich fuhr auf einem ganz alten, schwarzen Rad, auf dem ich mich froh und furchtsam in einem fühlte, zumal sich die Handbremse kaum erreichen ließ.

Ich fühlte mich darauf auch ein bißchen an wie die 17-jährige Omi Mobbl, weil das Rad so alt war. Baujahr 1927 - so könnte man meinen.

"Wenn ich mir jetzt den Arm breche - was geschieht dann mit meinem Tagebuch?" frug ich mich.

Ich müsste jemanden anstellen, dem ich alles diktieren kann - doch dann könnte ich ja wohl kaum *das* diktieren was ich wirklich denk´?

Wir besuchten die Papeteria Groth und sahen die unglaublichsten Dinge: z.B. Schatztruhen mit geschmackvollsten Schriftzügen und Blumen-gebilden in denen sich feinstes Büttenpapier mit entsprechend noblen Kuverten, eine großzügige Schreibfeder und ein Fläschchen Tinte befand!

Dies könnte doch wohl auch einen Schreibmuffel dazu animieren, mal einen Brief zu schreiben?

Im Buchshop bestellte die Gertrud das Buch "Happy new ears".

Mutter & Sohn sind sich so ähnlich und lesen je fast ausnahmslos Bücher über Musik oder Medizin.

Zwei Biographien über Gerhard Schröder lagen auch zum Verkauf feilgeboten herum, und die wollte mir die Gertrud schon mal nicht empfehlen.

Doch ich stellte mir vor, *daß zumindest eine davon womöglich ein unglaublich fesselndes und mitreißendes Buch ist, in dessen Mitte der Leser sogar erfährt, daß der Schröder mal einen Mord verübt hat.*

(Einen Gelegenheitslustmord, für den ein anderer büßen mußte.)

Auf dem Fahrrad hatte ich plötzlich das Gefühl, am fröhesten sei man, wenn man alles abgeworfen hat - so wie einst Hans im Glück.

Daheim in der Küche, die so leergefegt und sauber ausschaute, da hier pausenlos etwas haushaltstechnisches bewegt wird, erzählte ich der Gertrud noch von der Irma: Daß die Irmi ihre Kinder nur ganz selten besucht, und auch nur dann, wenn sie ausdrücklich eingeladen wird.

Dann fährt sie in die Stadt, kauft sich ein gestärktes, modisches Kostüm und lässt ihre Brombeerfrisur richten.

Ich erfuhr zu meiner großen Überraschung, daß der Vater von der Gertrud ein ganz bedeutender Mann war, der viele Bücher und Kompositionen herausgegeben hat, und nach dem in Krefeld gar eine Straße benannt wurde: Dr. Ernst Klusen

Freitag, 6. September
Lübeck - Aurich

Sonnig, diesig. In Osterholz schön.
Als es dunkel wurde, zogen in Aurich hinter dem
Bildschirmschoner-Haus schwarze,
bedrohliche Wolken auf. Aussehend wie reißende,
senkrecht in die Tiefe stürzende Wasserfälle auf
einem chinesischen Gemälde

Früh morgens fuhr ich an der St. Jürgen-Kapelle in Lübeck vorbei und stellte fest, daß dort gerade eine Beerdigung vorbereitet wurde.

Man sah dies am Sargwagen der da parkte, und ich lief extra interessiert an der Hecke entlang.

Die Kapelle stand offen und man hatte bereits einen Sargpodest aufgebaut.

Wieder fand ich es so reizvoll, gestorben - sprich, seiner lebenslangen Hafteshülle enthoben worden zu sein, und die Beerdigung erschien mir jetzt in jenem Lichte, als solle sich der Entlassene auf einer Abschiedsfeier noch ein allerletztes Mal zeigen?

Von fast allen Leuten muß man sich doch zuweilen irgendwie erholen - nur von sich selber geht´s leider nicht!

Selbst wenn man mal wegführe, so wär man ja doch da!

Samstag, 7. September
Aurich

Grauwölkig. Staubig verhangen

Auf dem Wege zum Badezimmer weckte Buz frühlingshaft und nett an mir herum und man merkte ihm die Freude an, endlich nicht mehr allein zu sein.

"Ich hole Brötchen!" rief Buz fröhlich.

Als ich mich erhob war so ziemlich aller Saft aus meinen Knochen entwichen.

Trotz meiner erst 39 Jahre hab ich das Gefühl, auf dem Friedhof eigentlich besser aufgehoben zu sein, und weiß überhaupt nicht mehr, wohin mit mir.

Wenig später enthob mich ein nettes Brötchenfrühstück mit Buzen diesem trüben Gedankengebräu.

Nach dem Mittagessen wollten wir etwas unternehmen, doch wir konnten uns zu nichts aufraffen, und zappelten diesbezüglich im Netz der unbegrenzten Möglichkeiten herum.

Sogar die Omi wollte der besuchsfreudige Buz spontan besuchen um dem häuslichen Einerlei zu entfliehen, und fast genau so fast wären wir sogar nach Bonn gefahren um Antje, Kläuslein, den Friedel oder den Heiner zu genießen.

Nach einem nur eintägigen Wieder-daheim-Sein bin ich das Rumgefahre auf den Autobahnen schon suchtartig gewöhnt!

„Das Fliehen vor dem ich!" wie der psychologisch versierte moderne Schriftsteller wohl schrübe?

Zuerst fällt einem zuhause "die Decke auf den Kopf", dann in seiner Stadt. Schließlich bekommt man in Deutschland ein Engegefühl in der Brust.

Den modernen Menschen zieht es einfach fort, doch unser Vorhaben schrumpfte immer mehr zusammen.

Am liebsten hätte Buz die Gaßmanns besucht, da er sich unbewusst nach jemandem sehnte, der dröhnend über seine Späße lacht, und somit sprach ich den Gaßmanns schon wieder auf Band.

"Ich ruf jetzt jeden Tag an!" schelmte ich, doch im Grunde sag ich ja dem Sinne nach immer nur, daß ich mich bald wieder melde.

Sonntag, 8. September

Schön sonnig

Am Morgen stand ich genau da, wo ich eigentlich nicht hingewollt hab: Nämlich in Horchweite der grenzdebilen Fingeraufklappübungen, mit denen Buz die letzten zwanzig Jahre seines Lebens buchstäblich vergeigt hat!

Verärgert hielt ich meine Verärgerung noch am Zügel und sagte mir beschwörend: "Bloß wie ein Engel durch´s Leben schweben!"

Ich kratzte alle möglichen rührenden Erinnerungen an Buz in meinem Hirnkastel zusammen - z.B. jene, daß er gestern auf dem Supermarktsareal die Leute aus dem Auto heraus so freundlich angelacht hat.

Buz ist ein versöhnlicher, herzlicher und liebevoller Mensch, dem man eigentlich nie lange böse sein kann.

Wir besuchten den Vogelpark in Westerstede.

Ich hatte mich so unbändig auf diesem Besuch gefreut – und doch übertraf er all meine Erwartungen. Ich war so begeistert! Man sah z.B. zwei uralt ausschauende Vögel mit riesigen, wie aus Holz gebastelten, spitzen Schnäbeln, die ausschauten, als könne man auf Storchesart damit herumklappern. Allerdings hatten sie die Ausstrahlung von zwei uralten Männern im Altersheim, denen jegliche Lebensfreude abhanden gekommen ist, und einer saß altersschwach auf dem Rasen herum.

Ich warf ihnen Körner zu, doch damit ließen sie sich nicht mehr erfreuen – so alt waren sie bereits. (Gefühlte 104 Jahre alt.)

Nebenan bestaunte man den Kronenkranich mit seinem Staubwedel und hinzu noch einem schwarzen Reiterhut auf dem Haupt.

Ein Vogel erinnerte uns an Balduin Bählamm, den verhinderten Dichter aus der Wilhelm Busch Geschichte, und ein anderer, unglaublich bunter Vogel hatte gar eine nach hinten gekämmte lange blonde Konzertpianistenfrisur, die in eine Locke mündend, am Ende leicht und kunstvoll in die Höhe geschwungen war.

Man kann es nicht fassen, was sich der liebe Gott alles einfallen hat lassen, um uns Menschen einen Spiegel vorzuhalten.

In einem Caféhaus in Bad-Zwischenahn am Nachmittag:

In einem Journal konnte man lesen, wie die Prinzessin Madeleine einem schmierigen macho-haften Typen verfallen ist.

Auf seine siegessichere Art legte er ihr einen Arm um die Schulter und begrabschte ihr dabei fast gierig und mehr für die Blicke seiner Spezis und eventueller Paparazzi gedacht, den Busen. Doch die unreife Prinzessin findet ihn womöglich ganz toll?

Abends kam das große TV-Duell "Schröder gegen Stoiber", das der politisch hochversierte Buz sich interessiert anschaute:

Unglaublich wär´s natürlich gewesen, wenn der Schröder gesagt hätte: "....der Präsident der Vereinigten Staaten, der unter uns gesprochen, ein

Riesenarschloch ist..." Obwohl man sich grad diese Worte aus seinem Munde so gut vorstellen konnte.

Dies wäre doch mal ein Paukenschlag gewesen.

Hi und da bepöbelten sich die Herren und in keinem einzigen Thema waren sie einer Meinung.

Einmal lächelte der Stoiber ganz unmotiviert, so als erinnere er sich daran, daß seine Karin gesagt hat: "und Eddi, bitte vergiss dein Lächeln nicht!" Denn es könnte ja passieren, daß einem hinterher siedendheiß einfällt, daß man den ganzen Abend über vergessen hat zu lächeln.

Montag, 9. September

Warm & sonnig wie in Mekka

Ich schaute eine Reportage mit dem Titel "Junge Türken fordern den wahren Islam".

Überall in Deutschland wimmelt es von Muselmännern, die fünfmal am Tag beten müssen, und nicht auszudenken wäre es, wenn diese Kette durchbrochen würde.

Ein junger Mann mit Brille, der sich ganz und gar dem Koran verschrieben hat, stotterte und redete ganz abgehackt, und sogar die Bochumer Uni-Computer benützt er um Werbung für den Islam zu betreiben.

"...u-und d-der Islam ist W-Wahrheit..."stotterte er beispielsweise mit einem fanatisierten Flackern im Blick.

Man stelle es sich nur vor, daß ich Buz & Rehlein einen solchen Schwiegersohn ins Nest gesetzt hätte - und es heißt ja, daß die Tante Bea früher nur auf Beaus aus diesem Holze abfuhr, so daß ich diesen Geschmack wiederum theoretisch geerbt hätte haben können.

In der Zeitung las ich eine Traueranzeige über eine verblichene 90-jährige, die ich so warm fand:

Unsere liebe, herzensgute Mutter und Schwiegermutter - unsere über alles geliebte Oma und Uroma

Dies zeigte doch, daß man sein Leben auch würdig ausklingen lassen kann, wenn man sich Mühe gibt immer freundlich zu sein.

Abends erwarteten wir einen Gast: den Hans-Jürgen, der etwas verfrüht, bereits um 19 Uhr 9 eintraf.

Ich kochte eilig an meinem Standartgericht herum: Schweinefilet mit Frühlingszwiebeln, Verbeugungs-nüssen* und roten Paprika-Streifen.

*So nennt man die gebogenen Cashewnüsse in Taiwan

Ich hörte die Herren politisieren, und freute mich, daß sie *jetzt* politisieren und später, wenn ich auch dabei sitz, vielleicht auspolitisiert haben, da Themen dieser Art ja nichts für uns Frauen sind?

Schließlich tischte ich auf. Wir erfuhren, daß es dem Hans-Jürgen mit seinem ehelichen Glück sehr mäßig ginge. Um es an der Wurzel zu verbessern, suchte das verantwortungsbewusste Familienoberhaupt Hans-Jürgen extra einen Psychologen auf, doch der sei leider ganz doof gewesen.

Dienstag, 10. September

Zunächst grau-braun.
Trostloses Schultagswetter mit Geniesl.
Nachmittags etwas angenehmeres
Waschküchenwetter
und abends Gewitter mit prasselndem Regen

Heute wollte Buz zu seiner Überraschungsreise nach Ofenbach aufbrechen – nur Ming ist eingeweiht, damit man auch zuhause sein möge - und während ich die Brote für die Reise schmierte hörte ich, wie Buz zu Ming am Telefon sagte: "Und soll ich Deine Flamme tatsächlich mitbringen?"
Zu diesen Worten fühlte ich die Omi Mobbl in mir züngeln, und dabei hatte ich doch selber die Rede draufgeschwenkt, um nicht eifersüchtig zu *scheinen*.
Ich stellte mir vor, wie das junge Ding wie eine Ertrinkende - so wie einst die Dame Gerswind - in Ming verliebt ist, und nun tatsächlich alles liegen lässt, um mit Buzen nach Ofenbach zu reisen.
"Sie stiehlt mir meinen Ming!" dachte ich und übte ganz unfroh weiter.
Doch beim Üben arbeitete ich daran, daß ich fröher und netter würde.

Mich peinigte der Gedanke, daß ich eine Schwägerin bekomme, mit der ich mich von alleine nie im Leben befreunden könnte.

Dadurch, daß Buz immer noch dablieb wurden meine unguten Befürchtungen, das junge Fräulein würde mitfahren auch noch genährt und mir tat es vorallem um Rehlein leid.

Doch dann zerfielen diese Befürchtungen zu Staub, denn das fleißige Julchen muß studieren und hat keine Zeit für die Liebe.

Nach 20 Uhr, als es bereits stark vor sich hindunkelte brach Buz nach Münster auf.

Mittwoch, 11. September

Vormittags diesig sonniglich.
Nachmittags zauberhaft

Ich besuchte die Druckerei Meyer und bestellte 400 Visitenkarten für Buz, die er dann in Korea verteilen würde. Etwas dreist hatte Buz sich gewünscht, auch meine Trossinger Nummer aufdrucken zu lassen, bloß daß bei mir dann alle 20 Sekunden lang irgendwelche Koreaner anrufen, denen ich dann sagen muß, daß unser Papa gerad nicht daheim sei.

Auf dem Friedhof traf ich jenen weißhaarigen Herrn, der sonst immer auf dem Gelände des Autohauses herumlungert - jetzt aber eine

Gießkanne füllte um ein Grab zu gießen, und mich einfach immer so behandelt, als wäre ich eine alte Bekannte.

"Der Wein, den ihr mir da empfohlen habt taugte nichts, det war mir zu trocken!" sagte er uff berlinerisch. "War det Ihr Mann?" spielte er auf Buzen, den Empfehler an.

"Ja", log ich und fühlte mich hernach tatsächlich an, als sei ich Buzens Ehefrau.

"Der ist ziemlich vornehm. Ist der Arzt oder so was?" frug der Herr geschwätzig.

"Nein. Er ist Musiker! Eventuell sogar die Reinkarnation Beethovens" sagte ich stolz, befand mich zu diesen schönen Worten jedoch schon die ganze Zeit in Weiterwalzstellung, da ich diesen Herrn so aufdringlich und lästig finde, und ihn am liebsten für immer abschütteln würde.

„Häääää? Spielt er nur in Ostfriesland oder auch anderswo? Auch in Berlin? Und wo da? In Kirchen?" feuerte er eine Fragensalve auf mich ab, die keinen großen Mitteilungsschwung auslöste.

Etwas unhöflich sagte ich einfach: "Auf Wiedersehen!" und lief eilig weiter.

Ich setzte mich auf eine Bank direkt neben dem Mausoleum und picknickte los, doch die Bank war mir zu hoch, so daß ich mich als Sitzende fehlgewichtet fühlte.

Also suchte ich mir eine andere Bank mit Blick auf die warme und sonnenbeschienene Allee. Doch dort wurde ich von einem uralten mindestens 77-jährigen Herrn mit gepufferten, beigefarbenen Gesundheitsschuhen, großen Tränensäcken und trübsinniger Ausstrahlung angequatscht.

"Malen Sie? Doch nicht pauken??" frug er ohne zu lächeln und molestierte mich beim Schreiben ins Tagebuch.

Der Herr ging sogar ein bißchen ran.

"Darf ich mich zu ihnen setzen?" frug er.

"Ja" sagte ich schwunglos, hob jedoch die Augen kaum von meiner Lektüre. Ich hatte das Tagebuch wieder zugeklappt und in meinem Rucksack verstaut, und las nun "Lösegeld für einen Hund" von Patricia Highsmith.

Dann tat´s mir aber leid, weil mich der Gedanke packte, daß dieser einsame Herr vielleicht niemanden auf dieser Welt mehr hat? Und so tränkte ich meine Stimme mit Sonnenschein und Wärme als ich mich nach einer Weile erhob und sehr herzlich "Auf Wiedersehen!" sagte.

Durch diese Worte wiederum blieb der Herr, der sich langsam wie eine Schnecke in Bewegung gesetzt hatte, dann allerdings wieder stehen um weiter zu babbeln

"Darf man Sie mal aufsuchen?" frug er gar.

"Ach, lieber nicht!" sagte ich, weil ich keine Lust auf einen trübsinnigen Greisen in meiner Wohnung verspürte.

Auf dem Heimweg dachte ich über den anderen weißhaarigen Herrn nach, der jetzt glaubt ich sei Buzens Ehefrau.

Einmal hat er mich doch sogar Hand in Hand mit Ming gesehen, als wir Geschwister quasi verliebt am Kanal entlang hüpften, und jetzt glaubt er am Ende gar, ich sei eine Ehefrau die fremdgeht?

Donnerstag, 12. September

Sagenhaft schön. Ungefähr so, wie im Monat Mai
(Wolkenfrei)

Ich weiß gar nicht, ob ich plötzlich so viel Schwung habe, weil sich meine hormonelle Lage verändert hat, oder ob sich meine hormonelle Lage verändert hat, daß ich plötzlich so arbeitsam bin?

Frau Münch fuhr mich zum Hafen nach Neßmersiel.

Auf der Fahrt erfuhr ich, daß die Gaßmanns bei der Hochzeit von Ingrids Schwester Insa in Göttingen waren.

Sogar Frau Münch als treue Freundin der Familie reiste hin und dann sprachen wir über Ingrids neue, eher leicht ungeplante und ungelegene Schwangerschaft, und daß das Drama nun von Vorne losginge.

Man hatte doch schon die Tage gezählt, bis die kleine Edith endlich in den Kindergarten kommt und man sich wenigstens stundenweise von ihr freiatmen könne, und nun dies….

Kurz vor´m Hafen Neßmersiel sieht´s plötzlich aus, als sei man am Ende angelangt: Alles leer und grau.

Frau Münch half mir noch so rührend mit meinen Köffern, und fuhr hernach eilig wieder zurück.

Trotz des schönen Sonnenscheins gefiel es mir als kleinem menschlichen Brösel inmitten Unbekannter, gleich nicht so besonders. Es blies ein eisiger Wind, und der Automat im Automatenhäusl hatte die ungute Ausstrahlung eines verstopften Klos, vor dem die Menschen ganz systemlos und ungeordnet Schlange stehen.

Später im Schiff. Ich las mein Buch von Patricia Highsmith weiter und der schlicht erzählende Stil sprach mich sehr an.

Ein kleiner, zirka dreijähriger Junge mit Wuckerln auf dem Haupt betrachtete mich als Lesende ungeniert und interessiert.

Er gehörte einer zirka 32-jährigen Frau mit dunklem, strähnigem Haar, die ein bißchen nach Achselschweiß roch, und ihrerseits gleichmütig aus dem Fenster auf das Spiel des Wassers blickte. Nach einer Weile bot sich mir über den Rand des Buches hinweg ein lustiger Anblick: Ich blickte auf den entblößten Oberarm der Frau, dessen Fortsatz sich unter dem Tisch verlor, unter dem jedoch die kleine Kinderhand hervor ragte, so daß es ausgeschaut hat, als habe die Frau eine ganz winzige Hand.

Kurz vor Schluß der Reise gesellte sich plötzlich der Inselgeistliche "Herr Friebe" zu mir, der vom Festland zurückkehrt einen riesengroßen Koffer voller guter Sachen mit auf die Insel brachte. Pfarrer Friebe, der mit seinen weichen rundlichen Gesichtszügen wie ein Bub ausschaut, entblößte beim Lächeln einen blitzenden Goldzahn an der Seite, und man scherzte gleich auf verbindende Weise darüber, was dies wohl für eine Ärgerlichkeit wäre, wenn mir der Wind mein Billett entrupft, das ich bereits jetzt lose in der Hand hielt, denn die strengen Schiffsbediensteten, die einen ständig auf aufdringlichste Weise durch das Mikrophon daran erinnern, sich ein Billett aus dem Automaten zu zapfen, kennen da kein Pardon.

"Dann bleiben Sie bei uns, und wir stellen Sie als Hausgeigerin an!" scherzte Herr Friebe, und mich bewehte plötzlich eine große Freude darüber, hier in Baltrum zu sein.

Herr Friebe hatte so unendlich viel Gepäck dabei, weil seine Festlandaufenthalte stets mit großen Einkaufsorgien verbunden sind, und dies üppige Gepäck mußte nun zusammen mit dem Meinigen in das Inselwägelchen gestopft werden.

Auf dem Weg zur Kirche beplapperte ich Herrn Friebe über den hohen Ödheitsgrad von Orgelkonzerten und nahm dabei kein Blatt vor den Mund.

Ich erfuhr, daß irgendein Organist bei denen Jahr für Jahr das gleiche Programm tutet: Vivaldis vier Jahreszeiten für die Orgel umgeschrieben, und wenn man´s genau nimmt, sind ja die vielen Orgelkonzerte letztendlich daran schuld, daß kein Mensch mehr in klassische Konzerte geht.

Man sitzt auf der harten Kirchenbank, lässt sich die Ohren volldröhnen und denkt verdrossen: "Was soll das? Wer will denn so was hören?"

Dann erzählte mir der Geistliche, daß nächstes Jahr im März das neue Gemeindehaus, auf das die Kirche so emsig hingespart hat, fertig wird - so daß ich nächstes Jahr im Luxus übernachten darf!!- (ging er so quasi wie selbstverständlich davon aus, daß ich nächstes Jahr wiederkehre.)

Freitag, 13. September
Baltrum - Aurich

Wunderschön. Hi und da allerdings Wölkchen.
Zum Teil ausschauend wie Wattebäusche
mit denen man
ein schmutziges Gesicht abgetupft hat

Ich glaube, mein diesjähriger Inselaufenthalt war derothalben so schön, weil ich alle schalen Orte, wie beispielsweise das Hotel Freesena oder das Hotel Witthuus einfach gemieden habe, und das preisgünschtige Frühstück in der lichten Bäckerei für nur 3 € 95 war um so vieles schöner! Zu einem Tee mit Stövchen durfte man sich acht Frühstücksteile drumherum aussuchen, und neben der Teetasse lag hinzu ein Schweineöhrchen auf´s Haus!

Wenn man ganz schwäbisch-spitzfindig gewesen wäre, wie es ja viele der Urlauber sind, so hätte man vielleicht zwei Brötchen, die nach Art siamesischer Zwillinge zusammengewachsen waren als Einzelteil betrachten können - doch ich fand ohnehin nur sieben Frühstücksteile.

Die Bild-Zeitung schlachtete das Thema um Boris Beckers allererste Liebe (Andrea V.) einfach schamlos aus, indem sie seine ganz normalen, netten Liebesbriefe veröffentlichte.

"Boris textet weiter" schrieb der Bild-Reporter ungeniert und veröffentlichte schamlos den nächsten Brief, der doch bestimmt nicht für millionen Bild-Leser gedacht war?

Mir fiel auf, daß die BILD-Zeitung den Boris, zu jenem Zwecke, "die Stimme des kleinen Mannes einzufangen" einfach wie einen ungaren Lümmel behandelt!

Auf dem Weg zum Hafen machten mir zwei plattdeutsche Damen Komplimente zu meinem gestrigen Konzert.

"Ich hab zwar nicht die Ouhrren eines Krrritikers!" sagte eine Dame mit Igelfrisur, "aber für mein Ohr klang das ganz fantastisch!"

Nachmittags wieder daheim in Aurich.

Ich machte mir einen ganz straffen Plan, an den ich mich auch eisern hielt.

Von 15 bis 16 Uhr beispielsweise kümmerte ich mich um meine Karriere. Die Ansprechspartner waren am Freitag-Nachmittag fast alle nicht zuhause, doch die wenigen, mit denen ich sprach waren allesamt sehr freundlich, und am allernettesten war die Sekretärin "Frau Jung" aus München, die sogar so nett war, daß sie am Abend nochmals auf den Anrufbeantworter sprach, und in der kurzen Zeit so viel Persönliches von sich preisgab - z.B., daß sie gerade Geburtstagsbriefe schriebe.

Ich fand Frau Jung so nett und hilfsbereit, daß ich später auf der Friedhofsbank über sie nachdachte und mir ausmalte, wie ich mich mit ihr befreunden könne.

Abends schaute ich mir eine Reportage über Höhen & Tiefen in einem Altersheim in Schleswig-Holstein an.

Ein Opa war so süß und lachte so goldig, und die junge Pflegerin umarmte so nett an ihm herum, weil sie in ihm vielleicht einen echten Opaersatz sah?

Eine 94-jährige Dame sagte: "Ich kann nicht dauernd über Wehwehchen jammern! Nützt doch nichts!" und schaute uns Fernsehzuschauer zu diesen Worten durch ihre Brillengläser etwas dumpf und hinzu leicht entrüstet an, so als wolle sie uns zum Vorwurf machen, daß wir von ihr verlangen, daß sie altersentsprechend über ihre Zipperlein zu jammern habe, und sonst nichts!

In Ofenbach schaute man währenddessen "Otto den Außerfriesischen", obwohl im Programmheft etwas herabwürdigend zu lesen stand "nur für hart-gesottene Fans."

Samstag, 14. September

Zuerst weißwölkig harsch.

Nach 17 Uhr wurde es zauberisch

Heute begann ich Mozarts B-Dur Sonate auswendig zu lernen und erinnerte mich an gewissen Stellen genau, wie die Gloria einen fast hysterisch-leuchtenden Überschwang in eine simple Dreiklangs-brechung bergauf hineingelegt hatte.

Beim Üben sah ich, wie die zwei kleinen schwarzen Autos der Ottens fast zeitgleich daheim eintrafen.

Mutti Otten mit ihrer Tochter Ina entstieg dem einen, und der Maulkorbbärtige mit dem Liebhaber dem anderen Wagen, und es schaute aus, als seien die jungen Leute aus dem Urlaub zurückgekehrt, zumal auch mehrere schwere Köffer aus den Kofferräumen gehoben wurden, was ja auch schlüssig erklärte, warum man sie mit zwei Autos hat aufpicken müssen (wahrscheinlich vom Bremer Flughafen).

Ich selber hatte mich jeden Tag frisch aufgewun-dert, warum das schäbige Auto vom Liebhaber wohl in Metzgereinähe so vor sich hinschrottete?

Wenn ich jetzt eine ganz einsame Seniorin gewesen wäre, dann hätte ich mit einem Stück Kuchen dort auftauchen und sagen können:

"Ich sehe, die jungen Leute sind aus dem Urlaub zurückgekehrt, und da dachte ich mir: Eine kleine Stäääärkung…"

*"Ist ja nett!" würde Frau Otten ganz steif so von sich geben,
den Kuchen nehmen und ins Haus verschwinden. Die Kinder
würden sich nie dafür bedanken, und das völlig indifferente
nachbarschaftliche Verhältnis wäre um keinen Mikromü von
der Stelle gerückt.*

Sonntag, 15. September

Vormittags ein Wolkenmeer.
Am Nachmittag wieder zauberhaft

In China starben achzig Menschen, die in einem
kleinen Imbiß gefrühstückt hatten an Rattengift. Ein
böser Mann von der Konkurrenz war´s!

Auf dem Friedhof stellte ich mir vor, daß ich auf
dem Grab von Axel Kamp (1962 - 1979) einen Brief
für Frau Kamp hinterlassen könne: Darin würde
sinngemäß etwas folgender Art zu lesen stehen: daß
ich mich zwar erwachsenengemäß nicht oft melde, es
aber trotzdem nett fände, in der Oldersumer Straße
eine liebe alte Freundin zu haben.

Montag, 16. September

Grau - dick mit Wanderwolken bewölkt

Ich radelte zum Rathaus, um mich für Rehleins
"Recht zur Wahl" einzusetzen. In Rehleins Rundum-

Sorglos-Paket, das ihr nach Österreich geschickt worden war, fehlte nämlich der Ankreuzbogen.

Zuerst beplauderte ich den Portier wie ich fand, sehr nett, gewinnend und griffig mit diesem Anliegen - doch ich erfuhr, daß ich mich dafür in den Raum 102 bemühen müsse.

Richtig: da stand ja zu lesen "Briefwahl 102".

In Raum 102 saßen zwei total unpersönliche junge Dinger - Frau Biermann und Frau Harms an einem siamesischen Arbeitsplatz: Die beiden Computer wirkten direkt so, als seien sie am Kopf zusammengewachsen.

Frau Biermann entfernte sich und die schwarzlockige, zirka 27-jährige Frau Harms machte sich kein bißchen Mühe, eine vielleicht aufmunternde oder gar verbindende Geste zu machen, die mir bedeuten solle, mich a) wie zu Hause zu fühlen, und es mir demzufolge b) gemütlich zu machen.

Eigentlich hatte das Büro ja nur bis 15:30 geöffnet, aber die Leute kamen trotzdem, und das hatte Frau Harms mürrisch gestimmt.

Ruft man dann gereizt "Ja?" weil´s an die Tür gepocht hat, so meldet sich dann niemand, weil auf den Fluren so ein Lärm herrscht, daß der Pochende das saure Gekrächze gar nicht mitbekommen hat.

Schließlich wurde ich in das Zimmer eines Herrn weiterverwiesen, der über Rehleins Ansinnen so unglücklich war, da es ja die ganze Wahlordnung durcheinanderwirbelt.

"Das darf ich eigentlich nicht", sagte er unglücklich, doch Rehlein an ihrem Recht zur Ausübung der Wahl zu hindern, darf er auch nicht. Schließlich schrieb er unglücklich eine Faxnummer auf und meinte, Rehlein müsse ihm eine eidesstattliche Erklärung schreiben.

Fände man das abgängige Ankreuzzetterl im Rahmen einer eventuellen Hausdurchsuchung hernach doch bei Rehlein, so würde Rehlein mit einer Haftstrafe nicht unter einem Jahr belangt.

Doch jetzt freute ich mich - ähnelnd den beiden Polizisten in meinem Roman - erstmal, einen Teilsieg errungen zu haben, und vor Rehlein mit Tüchtigkeit und Angaschmooo auftrumpfen zu können.

Irgendwie hatten die beiden dümmlichen Bürotussis im Raum 102 so eine ernüchternde Wirkung auf mich gehabt. Ich hatte doch gemeint, daß die Leute alle viel netter geworden wären als früher - doch diese waren genau wie früher.

An der Zeitungswand konnte man lesen, daß eine 48-jährige Dame nach schwerer Krankheit gestorben sei, und auf dem Friedhof dachte ich dem Sinne nach, daß dies doch ein wirklich gelungener Umzug sei: Aus dem Auricher Kreiskrankenhaus hierher!

Diesmal konnte man von meiner Stammbank aus sehen, wie sich ein regelrechter Wolkenberg gebildet hat: Mit blumenkohlartiger Vegetation - bloß aus Wolken! Und dieser dichte Berg in den man sich gerne hineingeschmiegt hätte, rückte immer näher.

Vereinzelte Herbstblätter tänzelten durch die Lüfte.

Noch eine neue kleine Ärgerlichkeit im Sumpf der unbegrenzten Ärgerlichkeiten:

Jetzt hatte ich mein Auto von der Reparatur zurückgeholt, doch es fehlte eine Radkappe.

Solcherart als hole man seinen Mann aus dem Spital und es fehle ihm ein Brillenglas!

Dienstag, 17. September

Feucht, grau und verquollen

Beinah hätte ich mich postwendend wieder in meine behagliche Bettstätte gekuschelt, da das Leben z.Zt. für mich schlicht zu langweilig ist.

Ballen an Zeit mit der man als Singlette im Grunde nichts anzufangen weiß, und hinzu war der durch die Unterrichterei am Nachmittag ohnehin verdorbene Tag auch noch ganz feucht bewölkt.

Schwämme in unterschiedlichsten düsteren Kolorierungen überzogen das Himmelszelt.

Und außerdem bin ich darüber hinaus auch noch so streng mit mir:

Joggen, kalt duschen, dann 90 Minuten üben, und erst dann darf ich mich hinter mein Frühstücks-behagen klemmen.

Unter meiner rechten Achsel hat sich eine geschwollene Entzündung gebildet und beim Frühstückmachen bildete ich mir ein, *ich habe vielleicht*

die gleiche Krankheit, an der der Opa Gerhard gestorben ist?
Eine ganz seltene Form von Drüsenkrebs.

Die Krankheit breitet sich rasend schnell aus und zwischen Krankheitsbeginn und Tod verstreichen selten mehr als drei Wochen.

Im Endstadium der Krankheit friert man furchtbar, da der Körper keine Eigenwärme mehr produziert.

Mit einem Male fand ich es so feierlich und ergreifend, in jungen Jahren zu versterben, den Molesten des Alters eine lange Nase zu drehen und in geistiger Frische ins Grab zu steigen.

Dann kam ein Brief, der mich erleichterte und freute: Der Landkreis Neuruppin schickte eine schlichte Verwarnung: 10 €uro für ein zu rasantes Fahrtempo am 1. September!

Ich hatte doch mit viel mehr gerechnet, da Ming gemeint hatte, diese kleine Verfehlung könnte mich meine Gage kosten?

Buz hatte gar anklingen lassen, daß ich eventuell vier Wochen lang den Führerschein abgeben müsse, und nun stellte sich das Ganze als Bagatelldelikt heraus, der noch nicht einmal ins Strafregister aufgenommen wird!

Ich beeilte mich, in Ofenbach anzurufen, auf daß man lachen möge, daß wir mal wieder einen "Wirbel um nichts" gemacht haben.

Das mit der Krankheit vom Opa Gerhard sagte ich jedoch nicht.

Auf der Titelseite der ON war heut ein rüstiges Sahnehaupt abgebildet: Aurichs älteste Einwohnerin, Fenna Duit feiert ihren 103. Geburtstag.

Eine andere Dame - eine Japanerin - feierte gestern den 115. Geburtstag. Ein Moribundenteenie somit!

Doch nun hub die Unterrichterei an:

Zuerst kam der mittlerweile 15-jährige Florian mit dem 4. Band der "Schaumschule", und ich wußte gar nicht so recht, wo ich den pädagogischen Hebel ansetzen solle - zumal er immer noch ungefähr so schlecht spielt wie früher.

Er war aber ganz nett, und ich hoffte doch verzweifelt, die Zeit möge rascher abbrennen - Worte über die ich später als Seniorin, wenn fast alle Zeit die mir gegeben war hinweggerieselt ist, womöglich die Hände über dem Kopf zusammenschlage? „Hätte ich damals doch jeeeden Moment ausgekostet!" denke ich dann.

Mit vierminütiger Verfrühung kam der kleine Christoph.

"Das macht vier €uro Strafgebühr!" scherzte ich auf Opaart.

Der Jüngling fingerte einen schlackrigen Zweizeiler und der Florian, der sich, einmal im Zimmer Fuß gefasst habend nicht mehr so gerne entfernt, sagte leicht ironisiert: "Ach, ist das immer eine Freude Dir zuzuhören!"

Nach einer Weile kam die kleine Annalena, die von ihrer Mutti gebracht wurde.

Annalenas Leben spielt Geige und Klavier, und Buz gestaltet den Unterricht immer so: 15 Minuten Geige, 15 Minuten Klavier.

Gebracht wird sie von ihrer Mutti - und abgeholt von ihrem stark übergewichtigen, kurzatmigen Papi, der bald darauf leicht verfrüht im Türrahmen stand.

In seinen Augen spiegelte ich mich als dümmliche Geigenlehrerin, der man sein sauer verdientes Geld in den Arsch schiebt, ohne daß bislang etwas Gescheites dabei herausgekommen ist.

Mir war es so peinlich, daß die Annalena so dilletierend Hänschen-Klein spielte. Sie biss sich angestrengt auf die halbheraushängende Zunge und wurde immer langsamer. Natürlich hätte man jetzt ausrufen müssen: "Du schleppst!"

Der nächste Geigenkandidat hieß Mauritz A.

Ganz brav steht er immer in der Ecke vor dem Notenständer und fingert irgendwelche Notengebilde von Gredschaninoff und seine rechte Hand mit der er den Bogen langsam über die Saiten zieht, schaut dabei ganz starr aus.

Ich erfuhr, daß er die Werke immer nur so, und niemals mit Klavierbegleitung spielt, so daß man gar keine Ahnung bekommt, worin denn für ihn nun der Reiz des Musizierens wohl liegen solle? Manchmal sind es nur lange Noten, die man aushalten muß, und die eigentlich von Rechtswegen von romantischen Klangkaskaden am Klavier ausgepolstert werden sollten, aber er kennt auch niemanden der vom Klavierspiel eine Ahnung hat.

"Höchstens meine Schwester!" meinte er. Doch die wohnt ja gar nicht mehr bei ihnen, und an Weihnachten mag sie auch nicht unbedingt kommen, weil sie jetzt doch ihre eigene Familie hat, mit der zu feiern sie verdammt ist.

Zum Schluß kam die kleine Annika, der die beiden Karnickelzähne abgängig sind, so daß sie, die immer sehr munter und fröhlich ist, ausschaut, als sei sie einem lustigen Kinderbuch entstiegen.

Ich war froh, daß ihre Mutti nicht dabei war, denn der Unterricht, der Mutti Billich ja überteuert scheint, fruchtete im Grunde gar nichts.

Zuerst spielte ich der kleinen Annika ein Werk für drei Violinen angeberisch auf einer Geige vor, und dann lernte sie immerhin noch, daß man vor einem 4/4 Takt nicht lahm, und bar jeglichen rhythmischen Gustos 1-2-3 zählt, und dann irgendwie in einem völlig anderen Tempo einsetzt.

Schließlich war es Abend geworden und ich fuhr heim. Ein gewisses Feierabendbehagen tat sich auf, doch wenn ich's von meiner These her, daß man einen Tag wie ein ganzes Leben angehen solle, betrachtete, so fühlte ich mich natürlich an wie jemand, der die schönsten Jahre seines Lebens unschuldig im Knast verbracht hat, und nun an seinem Lebensabend angelangt ist...

Mittwoch, 18. September

Grau

Heute unterrichtete ich den kleinen Henning von dem Buz mir schon erzählt hatte.

Der kleine Henning erwies sich als herzlich, unkompliziert, aufgeweckt und fröhlich wie das kleine Yüsslein in Stuttgart.

Hennings Mutti war diskret draußen geblieben und las in einem Buch, doch als der Unterricht um war, da trat sie doch ins Zimmer. Der Henning hatte mir zuvor stolz erzählt, daß er Samstags immer bei Mama im Bett schlafen darf, und so sah ich in dieser Dame gleich eine Variante vom jungen Rehlein.

Ich erfuhr, daß sie Flöte bläst, bzw. blies, denn nun sind zwei ihrer zehn Finger taub.

"Ein Tötungsversuch seines Vaters!" sagte sie schockierend, doch ich war ja bereits auf das Unfaßbare vorbereitet gewesen und frug sie somit, ob der Herr aus dem Libanon jetzt im Auricher Knast säße, wo ich ja allabendlich in lustvollem Schaudern vorbeizuradeln pflege, und mich stets frage, wer da wohl einsitzt?

Nein. Er sitzt ganz woanders: In Werl in NRW.

In ein paar Jahren wird er vielleicht entlassen, und dann?

Inzwischen war auch der kleine Ruben gekommen, und die Mutti vom Henning ist immer bestrebt trotz, oder auch gerade wegen der Mordattacke, ein ganz normales, soziales Leben zu führen, und sagte somit zum kleinen Ruben: "Ich warte immer darauf, daß du uns endlich mal besuchen kommst! Dann könnt ihr beide gemeinsam etwas auf der Geige spielen!" Und der süße kleine Henning strahlte zu diesen Worten vor Vorfreude auf den Besuch – während der Ruben sich wahrscheinlich lieber davor ducken würde?

Dem Ruben brachte ich das Notenlesen bei, und malte ihm eine Tabelle auf, da ich die Doflein-Schule nach der ja auch Frau Kettler einst das Geigenspiel erlernt hatte, so langweilig finde.

Zum Schluß kam der Florian schon wieder - diesmal allerdings als Pianist, zumal er ja auch keine Zeit gehabt hatte, seine Violine auszupacken.

Wir übten einen ganz ausgedünnt klingenden Walzer von Brahms und der Florian mußte alle "B"s einzeichnen, da man das Unheil als Pädagoge sonst förmlich zum Greifen in der Luft vor sich sieht! Bei jedem "B" drohte der frischerblühte Jüngling das "H" zu greifen, so daß einen in der Nacht Albträume erwarten...

Danach wäre schon wieder ein Walzer drangekommen, der auch zwei "b"s trug und der Florian frug interessiert: "Ist das bei Walzern generell sou?"

In der Bild-Zeitung las man heut, daß Boris Becker die Finka auf Malle, die ihm kein Glück gebracht hat, verkaufen will.

Die Bildzeitung hatte das Anwesen extra vom Helikopter aus fotografiert.

Es, in seiner unglaublichen Pracht, erinnerte mich direkt an "die Saitos"* - sogar ein Amphiteather war erbaut worden, wo die Straps-Babs, die ja Gesangstunden in LA nahm, Open-Air-Konzerte - bzw. natürlich "Concerts" geben sollte, sobald sie gut genug sei. Doch die schönen Träume sind allesamt geplatzt.

*Eine Seifenoper, die ich in jungen Jahren extra für Ming erfunden habe. Vor dem Einschlafen erzählte ich ihm Saito Geschichten, und an der spannendsten Stelle pflegte die Abspannmelodie einzusetzen! In dieser Seifenoper waren die Saitos die reichsten Menschen der Welt – doch in Wirklichkeit handelte es sich nur um das Hausmeisterehepaar in jenem Gästehaus in Tokyo, wo wir damals lebten.

Donnerstag, 19. September

Ganz grau

Eine Sache spukt mir schon die ganze Zeit im Kopf herum:

Ich hatte vor, jene elf "Jochen Ziegers"* die in Deutschland unter uns leben, abzuarbeiten.

(Rehleins erste Liebe zur Schulzeit)

Historische Erinnerung Rehleins:
Stockach um 1951

Religionsunterricht in der Schule. Der dicke Pfarrer stellte eine Aufgabe: „Könnt Ihr mir einige Todsünden nennen?" Jochen Zieger rief: „Völlerei!" und die Klasse johlte vor Vergnügen und Heiterkeit, so daß es dem dicken Manne sauer aufstieß. Er packte den Jochen und drosch ihn durch. Doch der Jochen verzog keine Miene – und das junge Rehlein war so stolz auf ihn....

Etwas mulmig stimmte mich der Gedanke schon, denn es könnten ja auch pöbelige und grobe Typen dabei sein?

Oder aber der Jochen wäre gefühlsroh wie sein Vater geworden und würde auf die Aufwärmung alter Erinnerungen "pfeifen"? *„Ich schaue prinzipiell nicht zurück!" stellte ich mir vor, wie er ernüchternd sagen könnte.*

Andererseits schien's mir jetzt schon so verlockend, Rehlein anzurufen um zu sagen: "Bitte rufe folgende Nummer an....frage nicht!"

Ich war ein bißchen enttäuscht zu sehen, daß fast alle Zieger Jochens in der Ostzone wohnen und außerdem hatte ich mir im Geiste bereits ausgemalt, daß ich mich vermutlich auch mit einigen wenig begeisterten Ehefrauen auseinandersetzen müsse?

„Sie suchen den Ex ihrer Mutter, und dies soll mein Mann sein??" Dies und mehr tönte mir im Geiste bereits *jetzt* sauertöpfisch entgegen.

Doch dann hatte ich ein so unverschämtes Glück:

Gleich der Allererste war's!

Es meldete sich ein jugendlich klingender Mann und ich dachte schon: "Abhaken…"

Doch er war's!

„Ich habe eine Frage, die eventuell leicht befremdlich rüberkommen könnte!" begann ich schüchtern.

„Schießense los...."

„Sie müssten um 1939 herum geboren sein?"

„Nein, da muß ich Sie leider enttäuschen – („Ach wie schad!") – ich bin ein Jahr früher geboren...."

Und dann war er´s!

Er war auch ganz nett und notierte sich Rehleins Adresse in dem entlegenen Dorf Ofenbach, das kaum jemandem in Deutschland ein Begriff sein dürfte? Dann gelobte er, Rehlein demnächst zu besuchen. Doch erst wolle er anrufen, und dies gleich jetzt...

Später erzählte mir Ming von dem unglaublichen Anruf in Ofenbach in den späten Abendstunden:

Ergriffen lauschte ich Mings Bericht, und ließ mir das Ganze dann auch noch von Rehlein und später von Buz erzählen.

Rehlein erzählte, wie das Telefon aufschrillte als sie, wie schon oftmals im Leben, soeben am bügeln war, da Rehlein, wie der Leser wissen sollte, eine begeisterte Spitzenbüglerin ist.

"Wolf, das ist sicher für Dich!" sagte Rehlein wie alle Tage, da Rehlein die Hoffnung auf ein Telefonat, das ihr Leben noch einmal gänzlich aus den Angeln hübe, schon vor längerer Zeit eingemottet hat.

Und dann so etwas!

Die große Ergriffenheit bildete sich erst so nach und nach – und währenddessen sei Rehlein eher belustigt gewesen.

Freitag, 20. September 2002

Tröpfelnd. Hi und da ganz düstre Wolken
Dann auch wieder Löcher und Laufmaschen
in der Wolkendecke

In der "Neuen Revue" las ich einen Report über eine 34-jährige Dame, die als Säugling von ihrer Mutti in eine Schlucht in Tirol geschleudert wurde.

Es handelte sich bei der Mutti um eine Heumagd, die von ihrem Dienstherrn geschwängert worden war.

Nach der rohen Tat packte sie die Reu´. Sie begab sich zur Schandarmerie und legte ein Geständnis ab: „Ich habe mein Kind getötet!"

Die Schandarmen fanden im Gebüsch einen Säugling, der wie durch ein Wunder doch noch lebte, und brachten das kleine Wesen zu gütigen Pflegeeltern, währenddessen die leibliche Mutti zu drei Jahren Haft verdonnert wurde.

In der Haft wurde sie fromm und gut (eine Geschichte wie aus Amerika) und nach ihrer Haftentlassung besuchte sie die Pflegeeltern des kleinen Töchterleins, die sich als ganz besonders gütig entpuppten. Man freundete sich an, und die geläuterte Magd besuchte die Familie jedes Jahr.

Die heute 34-jährige Elsbeth hatte immer gemeint, ihre Pflegeeltern wären ihre leiblichen Eltern, bis sie eines Tages auf einen Zeitungsartikel stieß…

Beim nächsten Besuch von der seltsamen alten Tante habe sie dann gesagt: "Mutter. Wir müssen reden….."

Und der Schluß dieses Artikels, der doch gerade spannend zu werden versprach, hätte direkt der Feder eines Pfarrer Fliege entsprungen sein können:

"Hier wollen wir nicht weiterberichten. Diese Momente gehören Mutter und Tochter ganz allein".

Dann wiederum las ich über den frühen Tod von Tina Onassis, die tot in der Badewanne gefunden wurde, dieweil sie überraschend an gebrochenem Herzen gestorben war. Kein Glück mit den Männern – so jedoch milliardenschwer!

Mittags übte ich gern und gut, und einmal sah ich, wie ein junger Mann am Hause gegenüber klingelte.

"Das ist sicher der kleine Maximilian, der jetzt groß geworden und gekommen ist um mit seiner treulosen Mutti Klartext zu reden?" mutmaßte ich einfach, ohne meine Violinstudien zu diesen doch weitergeholten Mutmaßungen zu unterbrechen.

Für einen kurzen Moment hatte ich nicht aufgepaßt und sah nur noch, wie Rolf R. die Türe wieder schloss.

Ich bildete mir kurz ein, er habe sie dem Maximilian womöglich vor der Nase zugeschlagen, doch es war bloß so, daß der junge Mann durch den Garten laufen sollte und dann sah man die beiden Herren ganz lang an der Hecke stehen und tratschen.

„Hallo Deutschland":

Ich erfuhr, daß die vier Geschwister aus Bremen, die vor einer Woche einfach spurlos verschwanden wieder daheim sind.

Die frommen Kinder hatten sogar eine Bibel dabei, die für sie das Fundament eines gänzlich neuen Lebens fern der Heimat bilden sollte, aber an der holländischen Grenze wurden sie von einer aufmerksamen Frau erkannt.

"Seid Ihr nicht die vier Kinder die einfach abgehauen sind?" frug sie lose aus einem Autofenster heraus.

Doch die vier Kinder sagten "nein!" weil sie nicht von der Polizei gebracht, sondern lieber persönlich nach Hause zurückkehren wollten.

Jetzt waren sie auf jeden Fall wieder da und beim Frühstück herrschte eine euphorisch-freudige Stimmung, zumal ja auch das Fernsehen dabei war und filmte.

Samstag, 21. September

Grau. Hi und da tropfend, und doch dachte man am
Nachmittag zuweilen, es würde schön

Ich besuchte die Bäckerei Hippen und kaufte mir zwei Brötchen.

Mir gefiel die Ausstrahlung in dem kleinen Caféhaus, das die Bäckerei in ihren kleinen Laden integriert hat, und die Aussicht daß man sich jederzeit dort hinsetzen und von seinen Sorgen Abstand nehmen könne fand ich schön.

In der Zeitung wurde eine Äußerung von der schwäbischen Ministerin Herta Däubler-Gmelin, die doch von Rehlein als so sympathisch empfunden wird, als ungeheuerlicher Skandal aufgebauscht.

Die engagierte Frau mit dem Herzen auf der Zunge hatte Präsident Busch mit Adolf Hitler verglichen. (Wahrscheinlich aus jenem Grunde, weil das ganze Streben des Präsidenten darauf hinzielt, bald in den Irak einzumarschieren, so wie es Hitler einst mit Polen ging. Eine „gloriose" Idee, die einen Herrschenden zuweilen anzuspringen pflegt, denn hat man es gut, so hätte man es gern noch besser.)

Als sie in Tübingen Wahlkampf betrieb, wurde die Ministerin von Kanzler Schröder auf dem Händi angerufen. Der Kanzler hielt sich knapp und sagte kurz angebunden:

"Du mußt die Vorwürfe persönlich entkräften!"

Die Ministerin wurde mitten aus dem Wahlkampf gerupft, musste eilends nach Berlin reisen und sah sich dort einem nervtötenden Reporterfragenhagel ausgesetzt.

Sonntag, 22. September

Zwischen tobendem Regen und tiefblauem Himmel

Als ich am Morgen in den Tag hineingeschwemmt wurde, regnete es so laut und prasselnd wie in der Autowaschanlage. Seit Tagen ist das Wetter traurig und häßlich und verwässert mir mein schönes

Hobby, mich mit einem packenden Buch auf meine Lieblingsbank im Friedhof zu setzen.

Bedingt durch die harschen Güsse wurden einige der Wolken dann allerdings auch abgewaschen, so daß ein paar lichte Sonnenstrahlen kurzzeitig Besserung versprachen. Doch nass war´s allemal.

Beim Erheben machte ich mir plötzlich Sorgen, die sich eine normale Frau in meinem Alter, zumindest für sich selber, noch nicht zu machen pflegt. Ich dachte an die älteste Frau der Welt, und wurde von der Furcht beweht, vom Tode vergessen zu werden, denn schon jetzt denke ich manchmal bang daran, was ich zwischen dem 70. und 90. Lebensjahr wohl so machen solle? *Krumm und welk – die Wege werden weit…*

Unfaßbar wäre, wenn an meinem 90. Geburtstag in den Sternen stünd´, daß ich noch 32 Jahre zu leben hätte!

In der Fußgängerzone traf ich die Sekretärin Wibke aus der „Ostfriesischen Landschaft" mit ihrem zirka vierjährigen blonden Söhnchen.

Die Wibke wirkt zwar nicht unfreundlich, so doch ein wenig gefährlich. So wie einst das böse Uschilein in der ersten Phase des Kennenlernens.

Später mußte ich in der Zeitungsstraße darüber nachdenken, daß die Wibke nicht ein bißchen, sondern womöglich brandgefährlich sei. Zu mir ist sie zwar höflich, doch sicher kann sie unglaublich ungemütlich werden und schrecklich aus der Rolle fallen, so daß sie sogar den Vater ihres Kindes verließ! Vor zwei Jahren habe ich einmal hautnah miterlebt, wie sie käseweiß und schmallippig über einen Kollegen sagte: „Wo ist der Arno? Den **bringe** ich um!" Und in ihren Augen blitzte kalte Mordlust.

Meine Stammbank im Friedhof war so schön warm. Gewärmt von der Sonne wie Binders neuer Esel.

Ich dachte an die arme Ministerin Herta Däubler-Gmelin, die durch Bosheit und Spitzfindigkeit anderer jetzt in einen so tiefen und sogar globalen Skandal hineingerutscht ist.

Ihretwegen muß sich Kanzler Schröder nun solch eine Mühe machen und in seinen besten Englisch einen beschwichtigenden Brief an Präsident Busch schreiben. Vor meinem geistigen Auge erschien *die Spitze eines Federhalters die auf edlem Büttenpapiere tänzelte*: *....die Deine Gefühle zutiefst verletzt haben...."*

Doris würde es ihm hernach ins Englische übersetzen müssen.

Und wenn der Schröder heut die Wahl verliert so hat die Schwäbin Herta, die ihre lose Zunge nicht im Zaume halten konnte, womöglich Schuld? Schwer geduckt unter der Last dieser Schuld muß sie sodann weiter durchs Leben ziehen.

Fasziniert beobachtete ich das Spiel der Wolken und überlegte, wie sich die arme Ministerin wohl fühlen mag?

Von mehreren Seiten her krochen düstere aber auch imposante Wolkendecken über den Himmel.

Einmal regnete es auf, aber ich saß so geschickt unter den hohen Bäumen, daß ich davon kaum etwas abbekam.

"Ein Regenpicknick!" rief ich einem Herrn erklärend zu.

Montag, 23. September

Zum großen Teil wunderbar.
Nur manchmal ein Regenguss

Mittags schwatzte ich wieder im Stile von der lieben Pfarrgattin W. auf schwäbisch, um unser Haus mit Leben zu füllen. Ich stellte mir dabei vor, *wie Katharinas Schwester "Eva" die einen Türken kennen- und liebengelernt hat, ihren Eltern beibringt daß sie zum Islam konvertieren wird.*

"S´isch mir sehr wichtig!"

Und wie die alten Eltern, die ihr Leben lang Toleranz gegenüber anders Denkenden gepredigt haben, sich ihre Unfröhe darüber nicht anmerken lassen dürfen.

Am Nachmittag:
Buz bewegte sich auf mich zu und befand sich bereits in Münster.

Nun konnte ich mit meiner plötzlich ausrieselnden sturmfreien Zeit nicht mehr viel anfangen und so begab ich mich zum joggen auf den Ostfriesland-Wanderweg am Kanal entlang.

Vor mir lief jener uralte norddeutsche Opa mit dem ich leicht befreundet bin, und führte sein

Hündchen „Anka" an der Leine durch die Sonne. Versonnen blickte ich auf das klapprige Greisengestell, das so langsam lief, daß man meinen könnte, er sei vielleicht schon so alt wie der Opa? Ich wüsste so gern, wie alt dieser Herr ist!

Bald schon hatte ich ihn, der zu Rasbeginn noch pünktchenklein am Horizont aufgeschienen war, eingeholt und mit einem verbindenden „Moin!" beworfen. In seinem lebensgegerbten, runzeligen Gesicht leuchtete kurz aber auch nordisch zurückhaltend nach Art einer 40-Watt Birne die Herbstsonne auf, weil ich mit meinen kurzen Hosen so nett auf ihn einplauderte.

"Dem Opa hätte ein kleines Hündchen sicherlich auch gut getan!" dachte ich hernach nieder-geschlagen, denn immer wieder trifft es mich mit der Wucht einer strudelnden gischtenden eiskalten Woge, daß der Opa nicht mehr da ist.

Daheim hatte ich Buzen einen kleinen Zettel hinterlassen:

"Du süßer Schatz!" schrieb ich nett, „ich bin so frooooh, daß Du endlich wieder da bist! Das Leben ohne Dich war kaum zu ertragen!" (Und dies stimmte haargenau.)

Der Brief ging aber noch weiter, und ich schrieb, daß ich um 18:44 wieder da sein würde und bis dahin könne er meinetwegen Fingeraufklappübungen machen.

Am Nachmittag besuchte Buz seine neuen koreanischen Freunde in Norden, und ich stellte mir vor, wie sie ihm ein Vermögen bieten, wenn er aus ihrem Fräulein Tochter eine erstklassige Geigerin macht?

Dienstag, 24. September

Zu Beginn des Tages verhangen.
Vormittags schön –
Nachmittags auch schön
doch hi und da wolkenbezogen

In der BILD am Kiosk las man in wenig begeistertem Tonfall: "Wie grün wird Deutschland?" Und obwohl´s doch heißt, die Zeitung sei überparteilich, las man den grämlich bedenklichen Beiklang zwischen den Zeilen heraus. Die pfiffigen Redakteure hatten die beiden Konterfeis vom Schröder und Joschka Fischer im Computer vermengt, und das daraus resultierende Monster einfach abgebildet.

"Joschka dirigiert jetzt den Kanzler!" stand da und für mein Ohr klang dieser Passus so, als wolle Omi Mobbl sagen: "Ja, die Gerswin* - die bestimmt jetzt den Kurs!"

*Mobbl pflegte das letzte d der ungeliebten, unehelichen Exschwiegerenkelin einfach unter den Teppich zu kehren

Im Supermarktsinneren hatte ein zirka vierjähriges blondes Mädchen einen derart ungehörigen

Wutanfall, und stellte sich somit auf schamloseste Weise in den Mittelpunkt des Geschehens.

Wie von Sinnen krisch es herum, so daß der ganze Supermarkt zum Bersten mit dem abscheulichen Geschrei angefüllt wurde.

Ein Herr frug mich, ob ich wohl die "Frau König" sei?

„Nein. Das ist meine Mutter. Ich bin das <u>Fräulein</u> König!" Doch jene Zeiten, in denen man solcherlei sagen durfte sind vorbei.

Ich erfuhr, daß er Lehrer von Beruf sei, und mich bereits vor 30 Jahren durch´s Gymnasium hat huschen sehen.

"Nehmen Sie da den Mund nicht etwas voll?? Vor 30 Jahren war ich noch gar nicht auf der Welt!" hätt´ ich jetzt beispielsweise sagen können.

Dieser Herr befand sich jetzt im Ruhestand.

"Dem HERRN sei Dank!" sagte er gleich zwiefach, - der Tätigkeit im Schümnasium hinterherstöhnend.

Mittag, 25. September

Grau und vielschichtig bewölkt

Buz & ich übten unser Beethoven-Quartett op. 18/4. Eine Stelle im ersten Satz fand ich so lustig, weil sie so klang, als würde der zweite Geiger dem ersten nach dem Munde reden.

Buz hatte extra für Rehlein eine schöne Carmen-CD mit Leontyne Price und Mirela Freni gekauft, und die hörten wir uns jetzt gebannt an.

An einer Stelle tänzelte Buz so süß nach Art vom Onkel Hartmut zu den göttlichen Klängen der Musik.

Donnerstag, 26. September

Sonnenschein durch wandernde Wolken.
Abends - nach kurzem Duschregen –
wirkte der Himmel "wie gewaschen"

Beim Frühstück war Buz sehr vergnügt, weil er das Gefühl hatte, in Korea warten Millionengeschäfte auf ihn.

Ich erzählte Buz von dem einzigen Deutschen, der dauerhaft in Korea gemeldet ist: Er bekam eine Rolle in einer lindenstraßenartigen Seifenoper, so daß ihn in Korea praktisch ein Jeder kennt, heiratete eine Koreanerin und lernte koreanisch, das er allerdings leider mit starkem deutschen Akzent spricht, so daß alle lachen, wenn er etwas sagt.

Dann erzählte ich Buz von den Testbögen der "Stiftung Warentest": Etwas, das man ja theoretisch auch mit uns Interpreten machen sollte - bloß bliebe dann der Faktor X unberücksichtigt: Daß ein lebender Pianist sich rein theoretisch nämlich noch verbessern, oder aber auch verschlimmbessern könne?

Allerdings hat der Prof. Kebap letztendlich wohl recht mit seiner These, daß ein Professor sich nicht mehr verbessert, und ich kenne auch keinen.

Über das viele Geld, das Buz bald in Korea verdient sagte er so warm: "Das will ich meinen Kindern schenken!" und mir traten Tränen in die Augen – nicht wegen dem Geld, sondern weil ich Buzens Worte so rührend fand, und Buz jetzt schon so schrecklich vermisste.

Bald darauf kam Heidi Abel, so daß ich für sie mitkochte.

"Ich muß lernen von Herzen gern zu gäääben!" sagte ich in leisem Singsang zu mir selber auf Art einer gottesfürchtigen Schwäbin, während Heidi Abels dünnes Violinspiel durch die Wände tönte.

Leider ist sie noch ein wenig schüchtern und spielt somit mit dünnem Tönchen, womit sie in einem großen Saal baden gehen würde, wie Buz nicht müde wird, zu betonen.

Die Heidi trägt neuerdings eine Zahnspange und von der Seite sieht man ganz deutlich, daß ein Zahn einfach fehlt! Er wurde gezogen, damit die Zähne in der Lächelzone noch gerader werden, als sie es doch ohnehin schon sind, und wieder hat man sich eine Verstümmelung aufschwatzen lassen, denn kaum war der Zahn gezogen, da überflutete die Heidi die Reu! (Zu spät)

Doch man will sich dem Jammer nicht allzusehr hingeben, und nun sprachen wir auf eher humorige

Weise davon, daß die Heidi der Schönheit wegen nun ein ganzes Jahr hinter Gittern verbringen muß.

Was soll man bloß machen, wenn der silberne Gitterzaun um die Zähne nach einem Jahr abgenommen wird und sich hernach auf jedem Zahn ein bräunlich-fauliger Abdruck befindet?

"Das kommt ausgesprochen selten, nur in sehr vereinzelten Fällen vor!" versucht der Zahnarzt zu trösten, wenn´s denn passiert ist.

Dann wiederum sprach ich darüber, daß es hierzulande den Berufsstand "Dichter" überhaupt nicht gibt!

Nie hört man beispielsweise, daß eine Frau sagt: "Mein Mann ist Dichter von Beruf!" „Höchstens vielleicht Rohrabdichter!" scherzte Buz, obwohl man eigentlich gar nicht wüsste, was das sein soll?

Bei Frau Priwitz, die heute 91 Jahre alt wurde, ging´s turbulent zu, denn sie hat bereits vier Urenkel, die allesamt zu Besuch gekommen waren, wie das fröhliche Kinderlachen aus dem Nachbargrundstück verriet.

"Und die sind so süüüüß!" sagte Uromi Priwitz warm - und ich war zuvor, als ich entblößt aus dem Badezimmer trat schon fast erschrocken zusammengezuckt bei der Idee, daß vielleicht ein Kleinkind inmitten aller Anwesenden den Zeigefinger ausfährt und ganz laut ruft: "Schau mal Mutti! Da drüben steht eine nackte Frau!"

Das wäre dann ich gewesen.

Freitag, 27. September
Aurich – Worpswede - Lübeck

Sehr schönes, helles Frühherbstsonnenwetter

Im Morgendämmer erlebte ich vor meinem
Fenster aus hautnah eine Begegnung zwischen der
Lehrersgattin von gegenüber und Herrn Otten, und
fand, daß die Lehrersgattin die auf dem Radl
hinwegstrebte, dem braven Herrn mit dem Maul-
korbbart derart unverbindlich zunickte, daß es in mir
stellvertretend für diesen Herrn, den ich für einen
gutmütigen Grundtypus halte, weiterknabberte was
die Nachbarin wohl gegen "mich" hat??

Frühstück mit Buzen:
In der Luft schwelte jenes leicht senioril
anmutende Kaffeefährtle, das Buz und ich für das
Wochenende geplant hatten, und das nun langsam
Kontur bekommen sollte:
Wir wollten den Brüdi, und vielleicht sogar den
Onkel Andi besuchen, und auf dem Hinweg bei
Gaßmanns Station machen.
Doch zuvor wollten wir der Jubilatorin Frau
Priwitz mit einer eintägigen Verspätung zum
Geburtstag gratulieren.
Ich betrete das Zweifamilienhaus nebenan immer
mit einer gewissen Scheu, weil es ja gilt, sich an Frau
Rautenberg vorbeizuschmuggeln, die im ersten Stock
lebt, ständig hinter den Gardinen steht und schaut

was wir so treiben, und womöglich eifersüchtig wird, wenn wir Frau Priwitz besuchen?

Oben wurden wir sehr freundlich von Frau Priwitz´s Baseler Tochter "Bärbel" empfangen – einer Variante von Ingrid van Bergen, die sich nun so freundlich erbot, uns einen Kaffee zu kochen, während wir auf der Chaiselongue Platz nehmen durften.

Zum Kaffee wurde ein Törtchen serviert und kaum wollten wir gemütlich zum Kaffeeklatsch ausholen, da schellte es an der Türe: Pfarrer König mit seiner wie gemäht wirkenden weißen Rasenfrisur, der seinerzeit auch das Begräbnis von Frau Schüt moderiert hatte, kam zu Besuch.

Der Geistliche nahm neben Buzen Platz und ließ anklingen, daß er "höchst selten" in Konzerte ginge.

Dies war als kleine Stichelei für uns Musikanten gedacht. *„Da zahlt man einen houen Preis und hat nichts für!"* mag er in Friesenlogik gedacht haben.

"Ein heiliger Drei-Königs-Treff!" scherzte ich.

Frau Priwitz, die erfahrene Kriminalistin und Hobby-Miss Marple, mit der man sich normalerweise sehr gut unterhalten kann, sagte nicht viel und saß eigentlich nur so rum.

Doch inmitten des zwar flügelschlacklerischen, so jedoch nicht übermäßig interessanten Geburtstags-schmaltalks wirkte sie nun leicht gelangweilt.

Wir erfuhren lediglich, daß ihr letzter Spitalaufenthalt nicht so lange her sei (eine leichte Herzattacke), und sie es nun vermeiden möchte, da so schnell wieder hinzukommen. Also sitzt sie nun ganz brav auf dem Sofa und versucht sich nicht aufzuregen – „was bei einer so großen Familie mit Kindern und Kindeskindern nicht so ganz einfach ist", lächelte sie dünn und hob die Teetasse zum Munde.

Buzen tat der Besuch sehr gut. Er geriet in Fahrt und sprach über Kulturpolitisches, indem er uns plastisch schilderte, wie Dirk L., der grobe Klotz aus der „Ostfriesischen Landschaft" sich von einem Kulturbanausen in einen engagierten Konzertbesucher verwandelt habe.

"...von einem Saulus in einen Paulus!" ließ Buz gar die Muskeln seiner religiösen Bildung spielen.

Wir erfuhren, daß die Bärbel süchtig nach klassischer Musik sei, und hier bei ihrer Mutti immer ganz depressiv wird, weil sie so wenig Gelegenheit hat welche zu hören.

Dadurch, daß wir ja schon seit mehr als einem viertel Jahrhundert Nachbarn sind, keimten in mir direkt verwandschaftliche Gefühle für die beiden Damen auf, und so nahm ich auch Pastor König - so viel sich an ihm vielleicht auch verbessern ließe - einfach als Hausgeistlichen der Verwandtschaft an.

Bald reisten wir los:

Die gastfreudig eingestellte Frau Gaßmann freute sich schon unbändig auf uns, und in der Mittagssonne fuhren wir dort vor.

Mutti Gaßmann telefonierte gerade mit einer ihrer unzähligen besten Freundinnen, und die kleine Edith hatte soeben ein Schlümmerchen auf dem Canapée abgehalten und ganz rote Wangen davon bekommen.

Jetzt lächelte sie uns aus ihrem bezaubernden Porzellangesicht gleich auf jene verbindendene Art solchermaßen an, als schwämme man auf der gleichen Erheiterungswelle.

"Weißt du überhaupt wer ich bin?" fragte ich.

"Franziska König!" sagte sie altklug.

Buz erzählte der gebannten Mutti Ingrid, wie die kleine Edith wohl am besten das Violinspiel erlernen könne: Nämlich evolutionierend aus der Gitarrenposition heraus und Mutti Ingrid lauschte Buzen fasziniert, weil sie immer gemeint hatte, das Violinspiel sei eine entsetzlich komplizierte Angelegenheit?

Doch nun schien ihr alles so logisch und leicht!

Dann meinte sie, daß die Edith natürlich kein Wunderkind werden solle, und das Wörtchen "Wunderkind" sprach sie ironisiert und hohnverdreht aus, da es ja ein sensibles Thema ist.

Ich stellte mir die kleine Edith dauernd in zehn oder zwanzig Jahren vor, so daß mir das "Hier & Jetzt" so schien, als schwelge man in alten Erinnerungen.

Allgemein ist ja bekannt, daß nur ganz dumme Leute am Freitag Nachmittag von Hamburg nach Lübeck fahren. Doch auf dem ruhigen Spaziergang mit der Ingrid schien uns der ganze Autolärm so

fern, daß der süße Buz siegesgewiss verkündete, daß
heut ganz sicher kein Standstau stattfänd´?!

Und tatsächlich: Heut gab´s keinen.

Wir fuhren durch Orte wie "Kirchtimke" und
"Zeven", vorbei an Plakaten vom Zirkus Busch, und
der warme Buz versprach, morgen mit mir in den
Zirkus zu gehen, da ich doch so gerne Tiere ansähe!

Lübeck am späten Abend:

Die Gertrud begrüßte uns so warm und nett, und
im Musikzimmer wurde musiziert:

Der Brüdi scharte ein Streichquartett um sich und
wir wurden gleich zum Mitspielen eingespannt, da
man endlich mal genügend Spieler für die herrlichen
Sextette von Brahms beieinander hatte!

Es erinnerte direkt an jene Zeiten, als Rehlein den
Brüdi kennenlernte.

Historische Erinnerungen
aus den späten 50er Jahren

Stolz promenierte das junge Rehlein mit ihrem
Geigenkasten durch die Straßen als sie von einem
jungen Herrn angesprochen wurde:

„Spielst du schon lange Geige?"

„Noch nicht sooo lang. Aber ich bin schon bei Beethoven
angelangt!" berichtete Rehlein stolz.

„Dann sollten wir doch ein Streichquartett gründen!"
schlug der junge Mann animierend vor, „ich habe bereits
vier Cellostunden hinter mir!"

Rehlein war begeistert und erschien pünktlich zur
ersten Probe. Bach´s „Kunst der Fuge" stand auf dem

Programm. Der Brüdi auf dem Cello begann... doch auf selbstkritische Weise brach er die Phrase bald wieder ab, um es immer wieder von Vorne zu versuchen, da es ihm schien, als dürfe das noch nicht so stehen bleiben...

Nach elf Uhr gab es noch eine köstliche Brotzeit mit Wein und leicht öligen, nichtsdestotrotz jedoch köstlichen Knoblauchbrötchen. Hm, dies schmeckte uns!

Unter johlendem Gelächter erzählte man einander Bratscher- und sonstige Witze, und wenn es nach Buzen gegangen wäre, so hätte man die ganze Nacht durchgefeiert.

Nach und nach retirierten sich die Besucher und nur Buz selber saß in unverminderter Frische da.

Samstag, 28. September

Zuerst zart sonnig.
Zuweilen bewölktes Waschküchenwetter.
Nachmittags vereinzelte Sonnenstrahlen
in Brüdis Werkstatt

Vor dem Einschlafen wollte mir der lachfreudige Buz noch drei Witze vorlesen, doch man weiß ja, wie laut es in diesen halligen Hallen in der Nacht wohl klänge, wenn man loslacht, und so wunk ich ab.

„Morgen!" vertröstete ich Buz.

Etwas war lästig in der Nacht:

Das ein oder andere Nasenloch von uns wollte durchpustet werden, doch man mochte ja seinen Mitschläfer nicht stören!

Als am Morgen erstes fahles Licht das Zimmer durchzog, bemerkte ich, daß Buz im anderen Ende des Raums schon wach war, und ein Buch beschmökerte, das er sich einfach aus dem Bücherschrank gegriffen hatte.

Buz war wieder eingeschlafen. Nur unscharf sah man seine Haare am Anfang der Bettfrühlinsrolle herausragen.

Eine Sorge, die wir gestern spät, vom Weine gleichmütig gestimmt, so angeritzt hatten, trat mir nun ganz plastisch in den Kopf: Auf heiterer Ebene hatte Buz erzählt, daß er gestern ein Pin-up-girl an der Strippe hatte, und ich erinnerte mich, beim Standradeln im Fitnessklub etwas über den „Riesenbetrug mit den 0190-Nummern" gelesen zu haben. Und wir telefonieren doch schon seit Wochen mit der *scheinbaren* Billigvorwahl 0190051. „Nur 2,7 cent pro Minute!" flötet eine freundliche Dame zu Telefonatsbeginn, doch wer sagt uns denn, daß im Minuten-Takt abgerechnet wird? Am Ende bekommt Buz – grad so wie ein Politiker, der diesem Schwindel aufsaß - eine horrende Telefonrechnung von über 27 000 Mark!

Dumm ist auch, daß der warme Buz die *scheinbare* Sesam-öffne-dich-Nummer all seinen Freunden verraten hat. *Überall explodieren die Rechnungen, und Buz trägt Schuld!*

Doch wir drückten die Sorgen mit sanfter Gewalt hinweg, setzten uns hin und frühstückten.

Ich erzählte von Frau Priwitz´s Geburtstag, und dem Pfarrer König, mit welchem Buz sich leider nicht so besonders gut versteht, und die Gertrud lauschte mir gebannt.

Einmal unterbrach sie den Brüdi fast unwirsch, um meine Geschichte weiterzuhören. Der Brüdi mußte dann bald zum Dienst aufbrechen, und wir wiederum erzählten Gertrud & Anton den Film „Spurlos verschwunden", und beim Erzählen legte ich großen Wert auf scheinbar nebensächliche Details aus dem Leben des Mörders. Z.B., daß seine Frau immer mit der Ungereimtheit leben mußte, daß er so viele Kilometer fuhr, für die es keine Erklärung gab.

Die Gertrud mußte heute einen Kuchen für den Lesezirkel backen, wo derzeit immer „die Buddenbrooks" vorgelesen werden.

Da entsann ich mich, daß die Omi so einen köstlichen und hinzu leicht zuzubereitenden Kuchen in ihrem Backrepertorium hat, und so rief ich in Grebenstein an. Das zarte Stimmchen meldete sich ganz normal mit „Kööönig??!"

Ich ließ mir Omis schönes, leichtes Kuchenrezept geben, und die süße Omi hat noch alles auswendig gewußt, und war uns somit sooo nützlich.

Am Vormittag liefen Buz und ich in die Stadt um uns zu amüsieren, und um viertel nach Eins wollten wir uns mit der Familie Leutz in der Theaterklause treffen.

In einem Laden kaufte ich mir für 15 €uro ein paar Schuh, in denen ich wie ein ganz normaler Mensch ausschaue, und dann besuchten Buz und ich das Buddenbrook-Haus, wo jeder kleinste Schnipsel von der Familie Mann ausgestellt ist. Z.B. auch das beschämende Abgangszeugnis von Thomas Mann, so daß auch wir uns unserer mittelmäßigen Zeugnisse nicht mehr schämen müssen.

Keine einzige Note besser als befriedigend!

Buz war gebannt, und man sah ihn vor den Tafeln stehen und alles gründlich studieren.

Schließlich besuchten wir noch eine riesige Kirche.

Ein Kleinkind im Kinderwagen sagte ständig: "Eia, Eia!" und es hallte im ganzen Kirchengewölbe wider.

Als wir wenig später in der Theaterklause auf den Brüdi warteten, erschien der Brüdi ganz allein.

Der kränkliche Anton fühlte sich wie fast jeden Nachmittag nicht wohl...Bedient wurden wir von einem Fräulein mit gepircter Lippe.

Brüdi und ich aßen je eine Knoblauchpizza, und der süße Buz, der immer nur Hälften ißt, aß eine halbe Reispfanne.

(„Das stimmt wirklich, daß er nur Hälften ißt!" sollte der Brüdi der Gertrud später auf eine Art erzählen, als handele es sich um etwas verblüffend-Wissenschaftliches.) Doch zurück zum Mittagessen:

Man sprach über eine gemeinsame Bekannte.

Der Brüdi findet sie ganz nett, während der Anton sie ganz fürchterlich finde, so daß die Meinung von Vater & Sohn auseinanderklafft.

Ich litt darunter, daß meine Stimmung, die vor wenigen Tagen noch so gut war, wieder so hinabgesackt ist. Ich saß lahm da, und wenn ich mein Hirn nach geistvollen Einwürfen abmolk, so war´s so, als wolle man an einem welken Euter melken, wo so gut wie gar keine Milch kommt, und normal wär´s doch, daß es nur so in den Eimer hineinprasselte!

Der Brüdi erzählte von einem Schüler, der bei einem Stück in A-Dur die drei Kreuze zu Zeilenbeginn übersehen hatte. In der dritten Woche spielte er es noch immer in C-Dur, so daß der Brüdi ganz rabiat davon geworden ist. Doch dann sagte der Schüler überraschend ganz plötzlich: "Ach, **das** war´s!" Und seither spielt er das Werk in A-Dur.

Der süße Brüdi wollte uns wie selbstverständlich einladen, doch diesmal gewann gottlob Buz den ehrenvollen Kampf um das Ehrenamt des Gastgebers.

Hernach fuhren wir in weißwölkiger Wetterlage und in Brüdis neuem Suzuki-Leihwagen in ein Caféhaus, um Kuchenstücke zu kaufen.

Ein Autofahrer fuhr so unglaublich schlecht, daß der ohnehin sehr risikofreudige Brüdi mit seinem Auto einen zackigen Hüftschwung machen mußte.

Daheim saßen Gertrud und Anton noch zu Tisch – der Anton auf dem Sprung eine Zugreise nach Rostock anzutreten, wo sein Lehrer einen Vortrag über Bach halten wollte. Eine Reise, von der er, wie bereits vorgestern auch, erst um ein Uhr in der Nacht zurückzukehren gedachte. Buz in seinem stolzen BMW durfte sich nützlich machen und Schofför spielen, und auch ich fuhr mit.

Brüdi und Gertrud traten noch an das Auto heran.

„Alles Gute!" sagte der Brüdi schlicht zu seinem einzigen Sohn, den man nun einfach seinem Schicksal überlassen mußte.

Nachdem wir den Anton am Bahnhof abgeladen hatten, verbrachten wir den ganzen Nachmittag in Brüdis Werkstatt am Herderplatz.

Wir lernten die halbe Familie Döning kennen.

Die halbe Familie Döning bestand, genau wie die halbe Familie König, aus Vater & Tochter. Allerdings war die kleine Tochter, die einen leeren Violintornister auf dem Rücken trug, erst zwölf Jahre alt, und in diesen leeren Violinkasten sollte eine Geige gepackt werden, die der Brüdi aus Sperrmüllresten zurechtgezaubert hatte.

Mich erinnerte es an eine Familie, die mit einem leeren Babywännchen angereist ist, um das sehnlichst erwartetete Adoptivkind abzuholen, und von allem was nun folgt, begeistert sein wird, da man einfach so viel Liebe zu verschenken hat.

Der junge Vater wirkte so nett und positiv, und bezahlte mehr als gern den Jubelpreis von nur 360 €uro, der sich aus Material und Arbeitsaufwand zusammensetzte.

Beim Brüdi ging´s turbulent zu:

Ein junger Mann hatte ihn vor dem Hause abgepasst, und es war vereinbart worden, daß dieser um 18 Uhr sein Cello abholen dürfe. Beständig ruft jemand an, und mir schien´s direkt so, als würde der Brüdi sogar Musikerseelsorge betreiben.

Der Brüdi mußte dem Cello auf der Abholrampe das Griffbrett glatthobeln, und wir sollten ihn dazu unterhalten. Buz erzählte Witze, bog sich vor Erheiterung zu seinem eigenen Gelächter, und bekratzte aus Verlegenheit dazu sein Wadenbein. Dann machte er sich über geigerische Fundamentalisten lustig, und nannte sie „Taliban", denn dieses Wort gefällt Buzen so sehr, daß er es immer wieder gerne ausspricht.

Der Brüdi führte Buzen seine „Konzertmeistergeige" vor: Eine Geige mit einem kunstvoll geschnitzten Kopf auf dem Wirbelkasten und einem Mundstück am Geigenpo, mit dem sich ein „A" pusten lässt.

Die Rede wurde auf Ottokar Horeši geschwenkt. Jenen Herrn, der in Prag vom Blitz der Liebe getroffen wurde, so daß in seinem Leben nichts anderes mehr von Bedeutung war.

Überpünktlich klingelte um 18 Uhr der Medizinstudent, der ein so ordentlicher Mensch ist, und sein Cello immer zur Generalüberholung bringt.

Sogar ich hatte daran herumpolieren dürfen.

Hi und da saß ich aber auch in Brüdis Ordinationszimmer und dichtete.

Dann widmete sich der Brüdi meiner Geige vom Dr. Su und baute ihr einen neuen, selbstgemachten Stimmstock ein.

Ich erschrak ein bißchen, weil ich das Gefühl hatte, die Geige, die mir ja ohnehin nicht zu 100% öhrlt (mundet), würde davon vielleicht viel schlechter?

Doch dann freundete ich mich doch wieder damit an und machte ein frohes Gesicht zu der Schose.

Der Brüdi zeigte Buzen noch verschiedene Geigen, und sagte einmal wertungsfrei: "Das wäre für die Taliban interessant!"

Dann aber strebte er schon recht bald nach Hause, um für die abendliche Opernvorstellung in einen Frack zu steigen, und auch wir hatten geplant, heute abend noch nach Aurich zurückzufahren.

Zuhause nahmen wir eilig eine Apfelstrudeljause ein, doch dann passierte etwas, das unsere ganze Lebensplanung über den Haufen warf:

Buz hatte seine Geige ins Auto verfrachtet, und als er hernach den Kofferraum zuhieb, war das Auto zu, und durch keine Macht der Welt wieder zu knacken. Der Schlüssel schien beim Packen in den Kofferraum gefallen zu sein und war somit nicht mehr auffindbar.

So fuhren wir den Brüdi erstmal in seinem Suzuki zum Dienst, und wußten nicht mehr aus noch ein. Man stak in einer mißlichen Lage.

„Entschuldigung!" sagte Buz so nett zu mir, obwohl ich durchgehend freundlich zu ihm war, und ihn immer mit schönen Worten aufzumuntern pflege.

„Gottes Wege sind unergründlich, aber niemals ohne Sinn", sagte ich nett, denn wirklich schrecklich wär´s gewesen, wenn ich eine normale, nölig veranlagte Tochter wäre, die einen dringenden Termin gehabt hätte: Ein Casting morgen früh in Emden!

Doch die ganze Zeit blieb ich nett und griffig.

Wir besuchten eine Tankstelle und suchten uns verschiedene Schlüssel-Notdienst-Nummern heraus, und dann wälzten wir den Stadtplan, um zu schauen, wie man wohl wieder in die Elsässer Straße gelangt?

Als wir losfuhren, stand in der Dunkelheit ein Anhalter mit Cello, und dieser Anhalter ist kein Geringerer als der Brüdi selber gewesen, der sich im Datum geirrt und *doch* keinen Dienst hatte!

Nun hatte er den Anhalter gespielt und wurde von seinem eigenen Auto aufgepickt! Diesen unerhörten Zufall möge sich der Leser doch mal vor Augen führen...

Das Pech mit dem Schlüssel beherrschte den Abend. Wir telefonierten herum: Der Pannendienst wäre so wahnsinnig teuer geworden, und so rang Buz, nach einem letzten Halme greifend, in der wahnwitzigen Hoffnung, daß sich eventuell ein Drittschlüssel im Aktenordner „Mein schönes neues Auto", den Ming seinem Papa so liebevoll angelegt hat, unsere Reinmachefee Frau Meyer an.

Als Frau Meyer wenig später anrief um zu sagen, daß sie den Schlüssel gefunden habe, war Buz so unbeschreiblich froh! Er am Telefon klang wie ein Vater, der erfahren hat, daß sein totgeglaubter Sohn doch noch lebt.

Nach einer Weile kehrte die Gertrud vom Literaturzirkel nach Hause. Wir tranken Wein und überlegten dauernd, wen man wohl bitten könne, sich als Schlüsselbote zu betätigen, und über jeden, den man sich überlegte, gab´s Anekdötchen zu erzählen. Z.B. über Ruth L., oder den Gärtner Christoph Göhler, der immer die ganze Hand erfasst, wenn man ihm den kleinen Finger reicht, über Ulrich Theussen, Bärbel Priwitz, Frau Rautenberg…... Buz wirkte wieder wie ein Mann, der niemals müde wird, und der Brüdi, der sich im Wochentag geirrt hatte, stak die ganze Zeit im Frack, weil der plaudersame Buz ihm keine Lücke ließ, sich umzukleiden!

Fast alles, was ich besitze – Kontaktlinsen, Geige, Zahnbürste, Nachtgewand u.a. befand sich im Auto.

Nur eine Sache hatte ich wundersamerweise gerettet: Mein Tagebuch!

Sonntag, 29. September
Lübeck - Aurich

Weißgrau

Neben Buz im Gästezimmer schlief ich nicht ein.

Buz schlief allerdings sofort ein und schnarchte ganz laut und rhythmisch wie die Oma Ella.

Nicht einschlafen bedeutet, daß sich die Seele nicht aus der Hülle lösen will. In gewissem Sinne geht es dem Schlaflosen so wie jemandem, der vom Tode vergessen wurde. (Meine allergrößte Angst)

Buz wachte aber bald wieder auf. Einmal verließ er mitten in der Nacht das Zimmer und kehrte nicht wieder. Man hörte sein Eselsräuspern und die Klospülung in diesen nach wie vor sehr halligen Räumen, und ich dachte: "Duuu bist aber ein lauter Nachtgast, Buz!"

*****

Die Gertrud übt so gerne und würde am liebsten jeden Tag fünf Stunden lang auf ihrem Fagott blasen. Andererseits wird von ihr als Mutti immer erwartet, daß sie in der Küche für ihre Lieben werkelt.

In der Zeitung stand gleich auf der allerersten Seite zu lesen, daß man einen grausigen Fund gemacht habe:

In Neumünster wurde die 16-jährige Jennifer, die vor einer Woche verschwunden ist, ermordet aufgefunden. Sie lag auf dem Grundstück von einem Kinderarzt, und der Mann von der Frittenbude daneben meinte, es sei unglaublich! Man betreibt da seine kleine Frittenbude und 20 Meter weiter geschieht ein Mord! (Es erinnerte direkt an einen englischen Kriminalfall zur Ripper-Zeit, und das im beschaulichen Neumünster!) Kaum ist ein Mord in einem Ort passiert über den man sich zuvor nie Gedanken gemacht hat, so wird dieser entweihte Ort im Nachhinein als "beschaulich" charakterisiert.

Ohne den Mord wäre allerdings wohl kaum jemand auf die Idee gekommen, Neumünster "beschaulich" zu finden?

Die 16-jährige Jennifer wohnte seit August in einem Mietshaus, und hatte sich handschriftlich ein sehr schönes Klingelschild gestaltet.

Auf dem Weg zur Arbeit lief sie immer an einer Kirche vorbei. Dort hing ein Spruch der sich im Nachhinein leider als Verhöhnung entpuppte: "GOTT ist immer für Dich da!"

Wir warteten auf unsere Freundin Ingrid T., die sich erbarmt hatte, den Autoschlüssel herbeizubringen.

Buz saß mit abgewinkeltem Haupt auf dem Sofa und las geistesabwesend in der "Strad", einem Journal für Geigennarren. D.h. nach einer Weile gab Buz seine Geistesabwesenheit auf und beplauderte die Gertrud psychologisierend über seine Kollegen in der Hochschule. Das Fokussierungsglas seiner

Erzählungen richtete sich auf den verstorbenen Professor Hamann. Nach Art eines Vaters sagte Buz gar "unser Hamann".

Ich als Frau fand leider nie eine Lücke in Buzens Erzählkunst, in die ich vielleicht ein heiteres Zwischenanekdötchen hätte einflechten können.

Stellvertretend für die Gertrud hörte ich mich immer nur dazu anheben.

Mittagessen im spanischen Lokal in einer stillen Seitengasse Lübecks:

Der Brüdi erzählte von der Lübecker Familie "Goldfeld".

Herr Goldfeld, so erfuhren wir, sei in erster Linie Vater eines aufstrebenden Violinvirtuosen. Der Konzertreifeprüfung seines Sohnes hat die interessierte Gertrud sogar beigewohnt und immer wenn im Tschaikowski-Konzert die schwierigen Stellen kamen, klang´s so "als sei das Rennpferd in der Spur", schilderte der Brüdi dichterisch einen Höreindruck seiner Frau.

Dann liefen wir durch die heut wetterl- und sonntäglich bedingt etwas bleiche Stadt.

Die kleine Vierergruppe zerdriftete sich, und ich lief neben der Gertrud her.

Wir liefen am Günther-Grass-Haus vorbei.

Einmal habe die Gertrud den Dichter gesehen, und ihren Augen nicht getraut. Sie lief abends an einer Metzgerei vorbei, und dort stand Günther Grass am Tresen und scherzte und schäkerte über- mütig mit den beiden verzückten Verkäuferinnen.

Ich erfand eine unglaubliche Geschichte:

Daß Günther Grass mit ausgebreiteten Armen auf die Gertrud zueilt und völlig perplex ausruft: "Gertrud, altes Haus! Ich werd´ verrückt!"
Er drückt sie ungläubig immer wieder an sich und ist vollkommen aus dem Häuschen, und die Gertrud zermartert sich das Hirn woher sie ihn wohl kennen soll…

"Du kommst selbstverständlich mit zu uns!" ruft Günther Grass und dort wird sie von seiner Frau genauso überschwenglich empfangen.

Auf Gleis 7 des Lübecker Haupbahnhofs warteten wir auf Ingrid T..

Die Gertrud wollte noch einen gewissen 92-jährigen "Christian" besuchen, und dadurch, daß wir gemeint haben, uns nachher nochmals zu sehen, fiel der Abschied natürlich eher etwas oberflächlich aus.

Wir sahen die Gertrud auf den Holzstufen entschwinden, und damit verlor sich leider ihre Spur für uns…

Ingrids Zug verspätete sich um zirka 19 Minuten. Dann fuhr er aber ein, und es quollen viele Reisende hervor. Wir würden natürlich erst aufatmen können, wenn a) die Ingrid wirklich unter den Reisenden wäre und b) der mitgebrachte Schlüssel auch wirklich passt. Unfassbar wäre es natürlich, wenn die Ingrid nun den Autoschlüssel von Frau Meyer mitgebracht hätt, und Herr Meyer in Aurich stöhnen würde…

Ich verabschiedete mich vom Brüdi doppelt, weil ich die Gertrud innerlich auch mit verabschiedete.

Mit der Ingrid, einer junggebliebenen Ü50erin unter einem helmartigen Fransenbob, schauten wir uns Lübeck an.

Man mußte höllisch aufpassen in keinen Hundekackhaufen zu steigen, denn auf einem, der zuvor noch sahnehaubenartig auf der Straße klebte, war mittlerweile jemand ausgerutscht wie uns eine Rutschspur verriet.

Auf der kleinen Kirmes am Kohlmarkt kauften wir gebrannte Mandeln und Macadamia-Nüsse und bestiegen den Aussichtsturm.

In einer Telefonzelle schimpfte jemand wie von Sinnen und zwei Punks liefen grölend-demonstrierend durch die Fußgängerzone doch man verstand die gegrölten wachrütteln sollenden Worte nicht.

Montag, 30. September

Nach örtlichem Frühnebel mild-sonnig

Am Morgen prasselte und vibrierte unser Duschhäusl. Na, der Leser wird´s erahnen: Buz hatte sich unter dem warmen Duschstrahl verloren.

Ich habe mir den Anton zum Vorbild genommen und arbeite nun immer von 8 - 13 Uhr, und obwohl ich mir die einführenden Blähtonleitern spare, gönne ich mir - einmal ins Sparen geraten - nur eine einzelne Frühstückspause, und hinzu auch noch eine Brutto-Pause, da die Frühstückszubereitung an sich ja wohl kaum als Freizeitvergnügen zu werten wäre? Und dann wollte ich auch noch einen Gang zur Bäckerei dazwischen quetschen.

Ich bat Buz in fünf Minuten den Tee abzugießen.

"Hörst du mich?" frug ich streng und legte in Friesenlogik mein Ohr ans Duschhäusl.

Draußen herrschte ein hellsonniger, frostiger Nebel und leider ist es arschkalt geworden!

Ich radelte zur Tankstelle.

Das Fräulein dort telefonierte gerade und als auflegte, sagte es enttäuscht: "So was Unfreundliches!"

Da bemühte ich mich, ganz besonders freundlich zu sein, und kaufte dem Fräulein auch noch die "Ostfriesischen Nachrichten" ab.

Morgen reist Buz nach Korea, und es kann sein, daß er davon etwas nervös gestimmt wurde?

"Der Willi Ehren ist gestorben!" rief ich beim Blick in die Zeitung bekümmert über einen Herrn aus, den Kennenzulernen uns nicht vergönnt gewesen war.

"Fang jetzt bloß nicht an wie meine Mutter..." meinte Buz gönnerhaft, obwohl er in letzter Zeit doch immer nett zu mir war.

"Es interessiert mich", sagte ich milde, "wie und wann ein Leben zuende geht, und wie tief die Trauer ist. Interessiert dich das denn gar nicht?"

Um zehn Uhr begann ich mit meiner Büroarbeit, doch in Buzens "Arbeitszimmer", das ich für meine Tätigkeit als brilliante Hobbysekretärin zu nutzen pflege, hat sich eine große Unordnung eingeschlichen. Ständig möchte man nach etwas greifen, das nicht auf seinem Platze liegt, und mein Dopaminspiegel sank bis unter die Kniekehle, da man einfach nicht in die Puschen kam.

Hinzu kam, daß Buz mich beständig molestierte. Vom Reisestress hatte Buz einen debilen und völlig geistesabwesenden Ausdruck bekommen und suchte dauernd in seiner wühligen Unordnung nach irgendetwas, so daß es mir immer peinlich war, am Telefon mein Sprüchlein aufzusagen.

Einmal rief ich eine Frau in Bad Sachsa an und sprach mein leicht verlegenes, aber nicht reizloses Sprüchlein auf: Ob ich ihr wohl Bewerbungen für ein Kirchenkonzert zuschicken dürfe?

"Nej, das mach ich nicht", sagte die alte Frau ganz verdrossen - und dann merkte ich, daß das einfach irgendeine Frau war, da die Nummer ganz falsch war!

Zur Mittagsstund´ waren wir mit Frau Münch in der Teestunde verabredet.

Wir waren schon etwas spät.

„Frau Münch wird schäumen!" sagte ich, doch dann fuhren wir genau zeitgleich mit Frau Münch auf dem Teehausterritorium ein, und das Teehaus hatte montagsgemäß geschlossen.

Wir widmeten das gemütliche Beisammensitzen in einen Ausflug um, und fuhren in den Wald bei Upsdalsboom.

An einer Stelle sahen wir fünf Schweine die - betrachtete man sie von hinten, - tatsächlich aussahen wie nackte ältere Damen in Stöckelschuhen.

Buz wußte, daß Schweine so gerne Eicheln naschen und so sammelten wir die Eicheln, die dort herumlagen auf und bombardierten die Schweine damit.

Für die Schweine war´s ein Fest solcherart, wie für uns Menschen, wenn wir im Karneval mit bunten Toffees beworfen werden.

Spätabends kam noch die Meldung, daß ein 11-jähriger Bankierssohn im Frankfurter Stadtteil Sachsenhausen entführt worden war.

Personenregister

Adam, Theda, (*1964) Anwaltsgattin in Emden mit der ich mich befreundet habe
Alina, (*1983) bildhübsche junge Geigerin
Amrei, (*1963) ehemalige Schülerin Buzens
Andi, (*1949) Onkel mütterlicherseits in Blankenfelde
Antje, (*1939) unsere Lieblingstante. Exfrau von unserem Onkel Rainer in Kanada
Anton, (*1973) einziger Sohn von Gertrud und Brüdi in Lübeck
Ariane, (*1976) bezaubernde junge Pianistin aus der Schweiz
Bärbel, (*1938) Tochter unserer Nachbarin Frau Priwitz in Aurich
Barcaba, Peter, (*1947) Komponist, Pianist und Spezi Buzens
Bates, Norman, Filmfigur in „Psycho" von Alfred Hichcock
Baumfalk, befreundete Familie in Aurich
Bea (Beätchen), (*1943) Tante mütterlicherseits in Kalifornien
Beppino, (*1969) jüngster Sohn von Buzens Schwester Uta in Rom
Bernhard, (um 1955) Biertischkumpel Mings in Aurich
Böhmert, Jünger vom Opa – Alter unbekannt – der den Opa mit kilometerlangen Weltverbesserunsbriefen zwangszubeglücken pflegte
Broderick, Betty, (*1947) Frau in Kalifornien, die eines nachts ihren Ex und die neue an seiner Seite erschoss
Bron, Sachar, (*1947) bedeutender Violinpädagoge
Brüdi, (*1942) Bruder von unserer Lieblingstante Antje
Buz, (*1938) unser Vater
Charlotte, (*1979) Sänergin aus den Niederlanden
Christiane, (*1965) Hausfrau in Aurich
Christoph-Otto, (*1965) Stadtmusikant von Aurich (Cellist in unserem Streichquartett)

Claudia, (Geburtsjahr unbekannt) die Neue an der Seite von unserem Vetter Friedel

Daaje, (*1994) älteste Tochter von Mings Exe Gerswind

Dirk, (*1953) grober Klotz aus der „Ostfriesischen Landschaft"; Spezi Buzens

Dölein, (*1936) Onkel mütterlicherseits in Amerika

Eberhard, (*1947) Onkel väterlicherseits in Berlin

Eduard, Herr aus den Niederlanden (Geburtsjahr unbekannt)

Evi, (*1995) kleines Kind in

Franz, (*1968) emsigster Jünger Buzens aus Taiwan. Man könnte in ihm fast so etwas wie den heiligen Petrus sehen

Friebe, Pastorenfamilie auf Baltrum

Fritz-Werner, (*1943) ältester Sohn von Buzens väterlichem Freund, Herrn Schüt

Gabi, (*1961) zweite Frau von unserem Onkel Eberhard

Gaßmann, Familie in Worpswede (bestehend aus Vati Joachim*1953) Mutti Ingrid (*1970) und Töchterchen Edith (*1998)

Gerswind, (*1964) uneheliche Exe Mings

Gertrud, (*1941) Frau vom Brüdi in Lübeck

Gloria, (*1977) koreanische Studentin Buzens

Göhler, Christoph, (*1939) Gärtner in Aurich

Hartl, (*um 1955) Nachbar in Ofenbach

Hartmut, (*1945) Onkel väterlicherseits in Münster

Hamann, Prof., (1935 – 2000) jüngst verstorbener Celloprofessor in Trossingen

Han-Lin, (*1974) Studentin Buzens

Hans-Jürgen, (* um 1953) Lehrer in Aurich

Heidrun, (*1943) Freundin Rehleins in Bonn

Heike, Herr, (*1933) Professor und Komponist

Heiner, (*1962) Sohn von unserem Onkel Rainer

Heino, (*1966) Sohn von Rehleins Freundin Heidrun

Helmantel, Henk, (*1945) bedeutender Maler in den Niederlanden

Hendrik, (*1994) Klavierschüler Buzens in Aurich

Hilde, (*1964) Exe Buzens

Horeši, Ottokar, (*um 1946) Bratscher im Städtischen Symphonierorchester in Lübeck

Hübener, Familie, Rundherum glückliche Pfarrfamilie in Boltenhagen an der Ostsee

Horst, (*um 1935) Schwiegerfreund Rehleins – sprich: Ehemann ihrer Freundin Heidrun in Bonn

Ingrid T., (*1947) Gastmutti von Buzens Schülerin Petra in Aurich

Insa, (*1965) Exe Mings

Irina, (*1969) russische Pianistin aus den Niederlanden

Irma, (*1937) Rehleins angeheiratete Tante in Kiel

Johann, (*1964) Familienvater in Aurich

Kamp, Frau, mütterliche Freundin in Aurich (*1927)

Katharina, (*1959) Freundin aus dem Schwabenland

Kathi, (*1986) Töchterchen von unserem Onkel Eberhard

Kettler, Frau, (*1947) Telefonfreundin aus Basel

Kläuschen, (*1934) dritter Ehemann von unserer angeheirateten Extante Antje in Bonn

König, Pfarrer, (*um 1949) Hausgeistlicher unserer Nachbarin „Frau Priwitz" in Aurich

Leopold, (*1997) Enkel von unserer Freundin „Frau Saathoff" in Aurich

Leutz, Familie, liebste Verwandte in Lübeck. Bestehend aus Vati „Brüdi" (*1942), Mutti Gertrud (*1941) und Sohn Anton (*1973)

Lisel, (*1932) Frau von unserem Onkel Andi in Blankenfelde

Lohse, uneheliche Eheleute (je * um 1950) Mitmieter im Doppelhaus von unserem Onkel Andi in Blankenfelde/Brandenburg

Meyer, Frau, (*1935) unsere Zugehfrau in Aurich

Meyer, Herr, (*um 1931) der Mann zu der Frau über ihm

Ming, (*1964) mein Bruder

Mira, (*2001) Töchterchen von unserem Freund Christoph-Otto

Mobbl, Omi, (1910 - 1999) Omi mütterlicherseits

Nora, (*um 1970) Freundin von Tone und Ming

Olthoff, Bodo, (*1940) Maler in Ostfriesland

ottO (Waalkes), (*1948) Blödler

Peter (Barcaba), (*1947) Komponist und Pianist

Peter, (*1969) Sohn von unserer Freundin Frau Saathoff in Aurich

Petra, (*1971) Bratscherin aus Trossingen

Picker, Frau, (*1932) weise und gute Frau aus Linz

Priwitz, Frau, (*1911) Nachbarin in Aurich

Ramon, (*1962) Cellist

Rautenberg, Frau, (*1920) Nachbarin in Aurich

Rehlein, (*1939) unsere Mutter

Reimer, Herr, (*1941) Rektor in Trossingen

Runge, (*um 1953) Lehrer im Haus gegenüber

Ruth L., (*um 1958) Glühende Verehrerin Buzens

Ruth, Tante, (*1926) Schwägerin vom Opa

Rübel, Pastor, (*1934) Pastor in Aurich

Saathoff, Frau, (*1934) ehem. Musikschulsekretärin in Aurich

Sabrina, (*1997) Enkelin von unserer Tante Lisel in Blankenfelde

Schafran,Daniil, (1923 – 1997) grandioser sowjetischer Cellist

Schinke, Frau, (*1934) meine einzige Schülerin

Schnittke, Alfred, (1924 – 1928) russischer Komponist

Schüt, Herr & Frau, (Fritz*1917 und Grete*1922-2000) väterlicher Freund Buzens und seine verstorbene Frau

Silvia, (*1967) Ehefrau von Buzens Jünger Franz

Simone, (*1975) koreanisch stämmige Freundin in Osnabrück

Strecker, Max, Optikermeister in Aurich. (Geburtsjahr unbekannt)

Sybille, (*1970) Cellistin in Lübeck

Theresa, (*1968) Studentin Buzens

Thilo, (*1972) jüngster Sohn von Opas jüngstem Bruder Helmut (1925-1995)

Tobias, (*1971) Schwiegerschüler Buzens aus Trossingen. (Liiert mit Buzens Schülerin Petra)

Tone, (*1962) lieber Freund in Leer/Ostfriesland

Ulrich W., Dirigent (*1927)

Ulrike, (*1973) gelegentliche Besucherin aus der Ferne in Ofenbach

Uschilein, das böse, (*1946) Exe von unserem Onkel Eberhard

Uta, (*1936) Buzens Schwester in Rom

Vengorow, Maxim, (*1974) bedeutender russischer Geiger

Wembo, (*1980) Bratscher im Jade-Quartett

Wiltrud, (*um 1936) Dirigentengattin

Veronika, (*1945) unsere beste Freundin in Nürnberg

Yossi, (*1947) Spezi Buzens. Bratscher

Zieger, Jochen, (1939) Rehleins erste Liebe

…..und weiter geht´s im nächsten Band!

Erscheint am 6. Juli 2021

CPSIA information can be obtained
at www.ICGtesting.com
Printed in the USA
LVHW030933280621
691317LV00004B/72